내 손으로 만들어낸 이름값

낙동강 판잣집에서
글로벌 엔젤까지

낙동강 판잣집에서 글로벌 엔젤까지

지은이 | 김점두리
초판 1쇄 인쇄 : 2025년 12월 29일
초판 1쇄 발행 : 2026년 1월 17일

펴낸이 서지만
펴낸곳 하이비전
교 정 이수영, 송은진
편 집 김현미
표지디자인 김보영

신고번호 제 305-2013-000028호
출판등록 2013년 9월 4일
홈페이지 hvs21.com
E-mail hivi9313@naver.com

ⓒ 김점두리, 2025.

ISBN 979-11-89169-92-3(03810)

엔젤 녹즙기 김점두리 대표 회고록

내 손으로 만들어낸 이름값

낙동강 판잣집에서
글로벌 엔젤까지

김점두리 지음

하이비전

차 례

추천사 / 11
프롤로그 / 13

서장 김점두리 이야기 - 진흙에서 피어난 시작 ·························· 15

다섯째 딸로 태어나다 ······························· 16
기와집보다 귀한 것 ································· 17
내가 나를 키워야 했던 시절 ····················· 29
고등학교 대신 선택한 길 ·························· 22
뜻밖의 인연, 예상 밖의 시작 ····················· 24
결혼, 새로운 인생이 열리다 ······················ 26
함께 짊어진 첫 시련 ······························· 28

1부   버티고, 벌이고, 살아낸 시간들

1장 판잣집에서 시작된 신앙과 살길 ····················· 33

1. 하천가 판잣집, 끝과 시작이 겹친 자리 ················· 34

무너짐은 예고 없이 찾아왔다 ····················· 34
토끼 두 마리와 한 번의 기도 ····················· 36
끝이라고 생각했던 밤 ····························· 38
믿음이라는 시작점 ································· 40

2. 성실하게 일구어낸 탈출구 ························· 42

남편의 말 없는 성실함이 만든 기회 ··············· 42
하천가 판잣집을 떠나 연립주택을 얻다 ············· 44
어설픈 장사꾼, 좌충우돌 도전기 ·················· 46

가만히 있으면 아무 일도 일어나지 않는다 ·············· 49

3. 건강을 되찾으며 길을 찾다 ························ 51

가난보다 더 힘들었던 것 ························· 51
하나님의 밥상, 그게 약이었다 ··················· 53
몸이 달라지자 삶이 보였다 ······················ 55

2장 장사로 이름을 세우다 ·························· 59

1. 장사꾼으로 다시 태어나다 ···················· 60

마수도 못 한 첫 장사 ·························· 60
개업 첫날. ···································· 61
엿장수 대신, 기막힌 자리를 찾아내다 ············ 62
간판도 없이 터진 대박 ························· 64

2. 김점두리의 장사는 다르다 ···················· 67

손님과 이익을 나누다 ·························· 67
찾아오는 헌책방이 되다 ························ 70
믿음을 남기는 장사 ···························· 71

3. 이름값, 내 손으로 이루다 ····················· 75

짜깁기 이름에도 복은 붙는다 ··················· 75
부자 이름, 김점두리 ···························· 76
내가 만든 복, 이름값을 해내다 ················· 79

2부   엔젤이 써 내려간 재기의 기록

3장 녹즙기로 이룬 첫 성공의 기록 ··············· 83

1. 믿음에서 피어난 새로운 도전 ·················· 84

전도의 길에서 만난 녹즙 한 잔 ················· 84

말씀 사이에 피어난 새로운 씨앗 ·· 86

씨앗이 현실로 싹트다 ·· 88

믿음 하나로 시작한 도전 ··· 89

아파트 대신 남편에게 올인하다 ·· 91

2. 시장에 나선 첫걸음 ··· 94

진짜 녹즙기를 향한 철학 ··· 94

팔 곳 없는 기계와 시작된 여정 ··· 96

느리지만 분명한 바람, 그리고 결단 ·· 98

3. 성공의 한복판에서 ··· 101

승부수를 던지다 ·· 101

광고 한 편이 만든 기적 ··· 103

못 만들어서 못 팔던 황금기 ·· 105

엔젤이 대세다 ··· 108

커진 꿈, 흔들리는 발밑 ··· 110

4장 영광 뒤의 추락 ··· 113

1. 성공의 그림자 ··· 114

우리를 닮은, 그러나 우리와는 다른 ··· 114

엔젤이 원조다 ··· 116

다 지나고 나서야 보이는 것들 ··· 117

2. 쇳가루 논란, 무너진 날들 ·· 119

특허 전쟁의 후폭풍 - 못 먹는 밥에 재 뿌리기 ····························· 119

언론 보도의 민낯 ·· 121

0원이 된 매출, 무너진 신뢰 ·· 123

진실은 시간이 증명한다 ··· 124

부도, 한국이 싫어졌다 ··· 125

3. 살기 위해 떠난 땅 ··· 128

벼랑 끝, 돌아보지 않고 떠나다 ············· 128

다시 시작하지 못한 곳 ················· 129

5장 재기의 시간, 무너져도 다시 일어서는 마음 ·········· 133

1. 기적이 부른 두 번째 시작 ················· 134

실의 속에서 다시 만난 사명 ·············· 134

사하라 온천 치유, 첫 번째 기적 ··········· 136

울음바다가 된 아침 ·················· 138

한계, 그리고 결심 ·················· 140

2. 다시 시작, 새로운 기적을 위하여 ·········· 143

사명으로의 귀환 ··················· 143

이름을 되찾기 위하여 ················· 144

몸으로 때우는 수밖에 ················· 146

3. 재기는 그렇게 만들어졌다 ··············· 148

배추 살 돈도 없던 날들 ················ 148

완벽을 향해, 시행착오의 시간 ············ 149

버티는 사람이 결국 만든다 ·············· 151

6장 엔젤 다시 날아오르다 ················· 153

1. 처음부터 끝까지 엔젤답게 ··············· 154

엔젤의 이름에 값하는 기계 ·············· 154

끝까지 책임지는 올 스테인리스 ··········· 157

섬유질 끝까지, 골수 영양을 짜내다 ········· 159

가격보다 가치를 먼저 생각하다 ··········· 162

2. 기적으로 열린 수출길 ················· 166

공장은 돌고, 물건은 쌓이고 ············· 166

영문 홈페이지: 하나님이 열어주신 문 ········ 168

엔젤녹즙기, 세계로 퍼져 나가다 ···················· 170
세계를 개척한 마음으로 ···························· 174

3. 다시 두드리는 국내 시장 ···························· 178
작지만 분명한 흐름 ································· 178

3부   믿음과 치유의 길

7장 천연 치유, 그 믿음의 기록 ························· 183

1. 천연 치유를 삶으로 살아낸 남편 ················· 184
천연 치유로의 부름에 응답하다 ·················· 184
공부에서 실천으로 ································· 186
고집으로 만든 확신 ································· 189

2. 믿고 따르는 천연 치유의 길 ·················· 193
성경에서 찾은 길을 믿다 ·························· 193
천연 치유, 기적이 아니라 원리 ···················· 195
생명을 짜내는 씨앗즙 ····························· 199

3. 먹는 것이 곧 치유다 ······················ 203
가족으로 증명한 치유 ····························· 203
내 삶을 지키는 매일의 치유 밥상 ················· 206

8장 남편의 철학, 천연건강교육원에 깃들다 ············· 211

1. 함께여서 가능했던 치유의 집 ················· 212
치유의 공간을 세우다 ····························· 212
천연건강교육원 유튜브 채널을 열다 ·············· 214
함께 걸은 길, 나의 몫 ···························· 217

2. 치유는 선택이다 ························· 221

병이 아니라 삶을 보는 눈 ·· 221

세 끼보다 중요한 한 잔 ·· 224

천연 치유의 철학, 내 몸으로 증명하다 ······················ 226

선택의 힘, 회복의 길을 열다 ······································ 230

치유는 누가 대신할 수 없다 ······································ 232

치유의 철학, 이어가다 ·· 235

4부   **내 삶의 방식, 내 인생의 법칙**

9장 늦복이 터진 삶, 나만의 자산 증식법 ···························· 239

1. 공장 하나로 시작된 자산의 길 ······························ 240

하나님이 준비하신 전화 한 통 ···································· 240

처음 생긴 우리 공장, 그러나…… ································ 242

남편 없이 결정한 대담한 선택 ···································· 244

신의 한 수였던 감전동 공장 ······································ 247

2. 지붕 위에 심은 복, 나눌수록 커지다 ···················· 250

놀고 있는 지붕 위에 복이 내리다 ······························ 250

지붕 위에 심은 구조 ·· 251

늦복의 기쁨, 나눌 수 있어 더 행복하다 ···················· 253

10장 김점두리식 인생 법칙 ······································ 255

인생 법칙 1. 모든 건 성격이 결정한다 ···················· 256

사람이 되고 안 되는 건 결국 성격 차이다. ··················· 256

성격은 자신의 삶과 운명을 바꾼다. ··························· 257

누구든 자기 인생을 책임지려면 성격부터 돌아봐야 한다. ·········· 258

인생 법칙 2. 순한 사람은 성공할 수 없다 ················ 259

성공하고 싶다면 착하기만 해서는 안 된다 ··················· 259

창피하다고 피하면 아무것도 못 한다. ················· 260

그 부끄러움을 넘는 자리에 내 생계가 있었다. ················· 261

살아남으려면 어느 정도는 독해져야 ················· 262

부끄러움은 금방 지나가지만, 포기는 오래 남는다. ················· 263

인생 법칙 3. 외톨이는 정보도 기회도 없다 ················· 264

사람은 사람 속에서 다시 살아난다. ················· 264

가난하고 실패했을수록 더 밖으로 나와야 한다. ················· 265

정보는 발로 얻고 귀로 듣는 것이다. ················· 266

혼자 일어서려 하지 말고 사람 속에 들어가야 한다. ················· 267

인생 법칙 4. 받기보다 베풀며 산다 ················· 268

가진 사람이 아니라, 마음먹은 사람이 베푼다. ················· 268

나는 받는 사람보다 주는 사람이 되고 싶었다. ················· 269

베푸는 마음이 나를 더 단단하게 만든다. ················· 270

인생 법칙 5. 자녀 교육은 정신을 물려주는 일이다 ················· 272

나는 돈보다 정신을 물려주는 부모가 되고 싶다. ················· 272

'믿음 있는 삶'을 물려줘야 한다. ················· 272

'책임지는 태도'를 가르쳐야 한다. ················· 273

'본보기가 되는 삶'을 보여줘야 한다. ················· 274

자녀 교육은 지식을 채우는 일이 아니라 ················· 275

인생 법칙 6. 간절한 기도는 반드시 통한다 ················· 276

절박한 순간, 묻고 구하면 길이 열린다. ················· 276

나는 지금도 '기도와 함께 사는 법'을 실천한다. ················· 277

요즘도 나는 매일 기도한다. ················· 278

에필로그 1 ················· 280

에릴로그 2 ················· 284

　존경하는 엔젤녹즙기 회사 김점두리 대표님의 회고록에 추천사를 쓸 수 있게 되어 참으로 기쁘고 감사한 마음입니다. 저는 지역 합회장으로서 대표님을 오래전부터 알고 있었지만, 2021년 직접 회사에 방문하여 말씀을 나누며 그분의 삶과 사역을 보다 깊이 접하게 되었습니다. 그 만남에서 저는 대표님의 변함없는 믿음과 깊은 헌신에 큰 감동을 받았습니다.

　김점두리 대표님은 항상 어려운 이웃을 찾아 돕고자 하시며, 국민과 인류의 건강을 위해 오랜 세월 사업을 통해 헌신해 오신 분입니다. 회사 경영에 있어서도 기쁠 때나 어려울 때나 한결같은 믿음과 감사의 마음으로 임하셨고, 생애 전체를 통해 그 믿음을 실천해 오셨습니다. 또한 교회의 신실한 집사님으로서 늘 믿음으로 사시며 밀알처럼 자신을 헌신하며 살아오셨습니다. 대표님의 이러한 삶의 자세와 신앙의 모습은 언제나 제게 깊은 감동을 주었습니다.

　대표님은 늘 자신의 삶과 가정, 그리고 회사를 이끌어주신 분은 하나님이심을 고백하셨습니다. 하나님을 의지하고 기도하며 지금까지 살아오신 대표님, 고난의 시간 속에서도 하나님을 어떻게 붙들고 살아오셨는지를 고백한 이 회고록은 인생의 시련을 지나고 있는 이들에게 분명 귀한 이정표가 되어 줄 것입니다.

대표님의 회고록은 많은 이에게 큰 도움이 되리라 믿습니다. 대표님께서 삶의 수많은 역경을 이겨내 온 여정은 어려움과 낙심 가운데 있는 이들에게 힘이 되고, 고난 중에 있는 이들에게 위로가 되며, 절망 속에 있는 이들에게는 희망이 될 것입니다. 그런 만큼 이 회고록은 독자들에게 큰 감동과 교훈을 전해 줄 것으로 확신합니다.

아낌없이 주는 나무처럼 어려운 이웃과 사회, 교회를 위해 끊임없이 베풀며 살아오신 대표님께 하나님의 크신 은혜가 함께하시기를 기도드립니다. 아울러 사랑하는 자녀들과 손주들에게도 하나님의 선하신 인도하심이 늘 함께하시기를 축복합니다.

이 회고록이 모든 독자와 자손들에게 삶의 나침반이 되고, 복된 길을 안내하는 등불이 되기를 바랍니다. 정성과 기도로 써 내려가신 이 회고록이 출간되게 된 것을 하나님께 감사드리며, 기쁜 마음으로 이 책을 추천드립니다.

"사람이 마음으로 자기의 길을 계획할지라도, 그의 걸음을 인도하시는 이는 여호와시니라." – 잠언 16:9

전 영남합회장, 울산중앙교회 담임목사
남시창

살다 보면 누구나 예상치 못한 시련과 굴곡을 만나게 됩니다. 믿음이 있든 없든, 삶은 늘 쉬운 길만 주어지지는 않지요. 저 역시도 그랬습니다. 태어날 때부터 기쁨보다는 실망을 안겨준 존재였고, 어린 나이에 공장에서 일하며 집안에 보탬이 되어야 했으며, 사업에 실패해 판잣집에 살았고, 모함과 음해로 일궈놓은 사업을 놓고 고국을 떠나기까지 했습니다. 정말이지 인생의 밑바닥이라는 밑바닥은 다양하게도 겪었습니다. 그때마다 제가 붙든 마지막 희망은 하나님이었습니다.

현실을 생각하면 종교를 갖는 것조차 사치이던 시절에도 기도하는 마음으로 믿음의 길을 택했습니다. 그리고 교회 안에서, 하나님의 말씀 속에서, 다시 살길을 찾게 되었습니다. 믿음은 언제나 모든 것이 해결된 다음이 아니라, 아무것도 보이지 않을 때부터 시작되는 길이었습니다.

이제 제 나이 일흔셋, 손자 손녀가 열두 명이나 되지요. 언젠가 그 아이들이 인생의 벽을 마주할 날이 올지도 모릅니다. 할머니로서 그들에게 물려줄 가장 소중한 유산은 재산이 아니라, 어떤 마음으로 그 시간을 견디고 다시 일어설 수 있었는지를 알려주는 이야기라고 생각했습니다.

이 회고록은 바로 그런 마음에서 시작되었습니다. 나의 실패와 회복, 그리고 그 모든 순간에 함께하신 하나님의 은혜를 한 줄, 한 줄 되새기며 기록하고자 합니다. 누군가 마음이 지치고 앞이 보이지 않는 순간에 닿아 있다면, 그때 이 회고록에서 희망의 불빛 하나를 발견할 수 있기를 바랍니다.

2025. 07

㈜엔젤 대표 김점두리

김점두리 이야기
- 진흙에서 피어난 시작 -

　세상이 우리에게 내민 것은 판잣집 한 칸짜리 삶이었다. 절망의 한가운데서 시작된 그 시간은 우리 가족에게는 끝이 아니라, 아주 긴 시작이었다. 살기 위해 신을 붙들었고, 버티기 위해 땀을 흘렸고, 살아보겠다는 마음 하나로 밥을 고르고 몸을 돌봤다. 신앙은 삶을 포기하지 않는 태도였고, 일터는 기도보다 치열한 예배의 자리였다.

　이 장은 바로 그 '살길을 찾아야 했던 시절'의 이야기다. 무너졌던 날들과 그 속에서 하나씩 다시 쌓아 올린 작은 다짐들. 신앙이 의지가 되고, 의지가 삶을 바꾸기 시작한 그 첫 페이지를 여기에 펼쳐 본다.

다섯째 딸로 태어나다

1952년 3월 9일, 나는 욕지도에서 태어났다.

통영에서 배를 타고 한 시간을 더 들어가야 닿는 섬, 그곳이 내 인생의 첫 무대였다. 먼바다 건너에 있는 섬이지만, 그 시절 욕지도는 활기가 넘쳤다. 내가 다니던 국민학교만 해도 한 반에 60명씩, 한 학년에 180명 가까운 학생이 있었다. 지금은 100년이 넘는 역사를 자랑하는 내 모교에 입학생이 단 한 명뿐이라 하니 격세지감이라는 말이 딱 맞다.

우리 집은 아이가 많은 집이었다. 딸만 내리 다섯에 막내로 아들 하나, 나는 그 다섯째 딸이었다. 그 시절엔 아들이 없으면 제삿밥도 못 얻어먹는다는 인식이 당연했고, 우리 아버지도 예외는 아니셨다. 넷째 언니 이름을 '두리'라고 지은 것도 딸들을 둘러 이제는 아들이 나오길 바란다는 간절한 뜻이었다. 그런데 웬걸, 다섯 번째에 또 딸인 내가 나왔다.

아버지는 실망이 크셨는지 출생신고조차 한참을 미루셨다고 한다. 압권은 성의 없이 대충 짜깁기한 이름이다. 넷째 언니 이름에 '점' 자 하나 붙여 '점두리'라 하셨는데 이유라고는 그때 내 목에 불그스름한 점이 있어서였단다.

김점두리, 듣는 사람마다 한 번은 되묻는 이름, 기억엔 잘 남지만 불리는 건 참 어색했던 이름이다. 어릴 땐 창피해서 숨기고 싶을 때도 있었지만, 지금은 다르다. 오히려 이 이름 덕분에 내가 누구인지, 어떻게 살아왔는지 말할 수 있게 되었다. 지금 생각해 보면 이름부터가 범상치 않았던 나는 아마 태어날 때부터 그렇게 살아갈 운명이었던지도 모르겠다.

나는 분명 막내딸이었지만, 마냥 귀여움만 받고 자란 기억은 많지 않다. 오히려 세상 이치를 조금 일찍 알아차린 아이에 가까웠다. 내가 네 살 무렵, 우리 집에 드디어 기다리던 아들이 태어났다. 집안의 분위기는 단숨에 달라졌다. 관심도 사랑도 모두 막내아들에게 쏠렸고, 나는 종종 외톨이처럼 느껴졌다.

동생과 사소한 말다툼이라도 나면 혼나는 건 늘 나였다. 가족들이 귀하디귀한 막내아들 편만 드니 어린 마음에도 동생을 향한 편애가 고스란히 느껴졌다. 억울하고 속상해서 울음을 참느라 삐죽거리던 날이 많았다. 어느 날은 울분을 감당하지 못해 그대로 바닷가까지 달려가 악악대며 울기도 했다.

기와집보다 귀한 것

아버지가 살아 계실 때는 우리 집도 제법 잘 사는 편이었다. 큰 상선의 선장이셨던 아버지는 욕지도 시장 옆, 배가 정작하는 자리에 섬에서는 보기 드문 기와집을 지으셨다. 모두가 초가집에 살던 시절, 친구들이 우리 집을 부러워할 때면 나는 그것이 무척 자랑스러웠다. 하지만 그런 좋은 시절은 그리 오래가지 않았다.

내가 열한 살이 되던 해, 아버지가 갑작스레 세상을 떠나셨다. 바다에서 태풍을 만난 아버지는 선원들과 함께 밧줄을 매다가 배의 철 구조물에 부딪혀 상처를 입곤 하셨다. 병원이 흔하지 않던 그 시절, 하루는 외삼촌이 직접 항생제 주사를 놓아주셨다. 그런데 주사액이 절반쯤 들어간 순간, 아버지가 고통스러운 비명을 지르며 쓰러지셨다. 그날 이후 집에는 생계를 책임질 가장이 사라졌고, 가세는 걷잡을 수 없이 빠르게 기울어져 갔다.

우리 집은 기와집

친구들은 우리 집이 기와집이라고 나를 부러워하지만,
나는 초가집에 살아도 아버지 있는 집이 제일 부럽다.
아버지가 살아 계시고 사랑도 받는 친구들이 제일 부럽다.
친구들이 기와집에 사는 나를 부러워해도
아버지와 오순도순 사는 친구들이 제일 부럽다.

한번은 학교 백일장에서 〈우리 집은 기와집〉이라는 제목으로 동시를 써서 상을 받았다. 친구들은 내가 사는 기와집을 부러워하지만, 나는 '아버지가 계신 초가집'이 더 부럽다는 내용이었다. 어린아이의 글이었지만, 그 안에는 나이답지 않게 또렷한 진심이 담겨 있었다.

돌이켜보면 나는 어린 시절부터 화려한 집보다 마음 편한 삶이 더 소중하다는 걸 어렴풋이 느꼈던 것 같다. 삶을 지탱하는 건 돈이 아니라, 함께 나누는 마음이었다. 그래서 평생 몸과 마음에 이로운 것을 만들고, 그 일이 누군가에게 작은 도움이 되길 바라며 살아왔다. 그때의 나는 몰랐지만, 그 깨달음이 아마 지금의 나를 여기까지 이끈 게 아닌가 싶다.

내가 나를 키워야 했던 시절

욕지도를 떠난 건 열여섯 살이었다. 지인의 소개로 부산에 있는 공장에서 일하게 되었기 때문이다. 형편이 어려운 집에서 국민학교까지 마친 이상, 이제는 어떤 방식으로든 집안에 보탬이 되어야 했다. 나중에 중학교에 들어가든, 기술을 배우든, 그건 각자 알아서 할 일이었다.

여전히 누군가의 돌봄이 필요한 나이였지만, 그 시절 현실은 그런 여유를 허락하지 않았다. 나는 내 처지를 아주 당연하게 받아들였다. 누구도 서운하냐고 묻지 않았고, 나 역시 특별히 서럽다고 느끼지도 않았다. 다만 처음 엄마와 떨어지는 날, 흘렸던 그 눈물만은 아직도 또렷이 기억난다. 눈물이 뺨을 타고 줄줄 흘러내리던 그 감촉이 생생하다.

부산 생활은 매일이 똑같았다. 기계 앞에 서서 먼지를 뒤집어쓰며 일했고, 퇴근하면 그대로 녹초가 되어 뻗었다. 그래도 감사했다. 돈을 벌 수 있다는 사실만으로도 내게는 큰일이었다. 그런데 어느 날, 문득 걱정이 밀려왔다.

'이렇게 일만 하다 보면 나는 어디로 흘러가게 될까?'

'고등학교 졸업장 하나 없는 내가 과연 제대로 살아갈 수 있을까?'

그때 처음으로 나는 '가족의 일원'이 아니라 '한 사람의 인생'으로서 내 미래를 생각했다. 얼마 후부터 나는 퇴근 후 학원에 다니기 시작했고, 야간 고등학교 진학을 목표로 공부를 시작했다.

종일 일한 뒤 지친 몸을 이끌고 책상에 앉아 공부하던 그 시간들, 지금 돌아봐도 참 기특하다. 나는 단 하루도 허투루 보내지 않으려 했다. 낮에는 일, 저녁에는 공부, 어느 하나 소홀히 하지 않으려 안간힘을 썼다. 일요일에도 못다 한 공부를 하느라 단 한 번도 친구들과 놀러 다녀본 적 없다. 묵묵히 방에서 공부만 했다.

누가 시킨 것도 아니고, 누가 챙겨준 것도 없었다. 그저 스스로 생각하고, 스스로 걱정하고, 스스로 준비했다. 하지만 그렇게 간절하게 준비하던 고등학교 진학은 끝내 포기해야 했다.

열여섯 살 무렵, 함께 공부하던 친구들과 찍은 사진. 뒷줄 맨 왼쪽이 나이고, 앞줄 가운데 계신 분이 우리를 가르쳐 주시던 선생님이시다. 뒷줄 가운데 모자를 쓰신 분은 선생님의 동생으로 해양대 학생이었 다

고등학교 대신 선택한 길

어느 날, 고향에서 연락이 왔다. 막내를 대구에 있는 고등학교에 보내야 하는데, 기숙사비며 학비며 들어가는 돈을 감당할 수가 없다는 이야기였다. 언니들도 엄마도 사정이 넉넉지 않았고, 결국 누군가가 먼저 꿈을 미뤄야 했다. 나는 망설이지 않았다. 내 고등학교 진학을 포기하고, 동생의 뒷바라지를 맡기로 마음먹었다. 결국 나는 고등학교 교복 한 번 입어보지 못한 채, 또 한 번 가족을 위해 내 걸음을 멈추어야 했다.

그 선택을 후회하지 않냐고 묻는다면 글쎄……, 잘 모르겠다. 가끔은 마음 한쪽이 쓰릴 때도 있었다. 당시 학원에서 같이 공부하던 친구들은 전부 야간 고등학교에 들어가서 졸업 후, 부산시청 공무원으로 근무하는 등 잘 살았다. 열의와 노력은 나도 누구보다 못지않았는데 집안 사정으로 학업을 멈추었으니 아쉬움이 남을 수밖에 없었다.

하지만 한 가지는 분명하다. 그때 나는 이미 '가장'의 역할을 분담하고 있었다. 누구보다 먼저 철이 들었고, 가족의 앞자리에 서야 할 사람이 나라는 걸 잘 알고 있었다. 이후로도 나는 나의 역할과 자리를 단 한 번도 피하지 않았다.

지금 와서 돌아보면 나는 평생을 그렇게 살아온 것 같다.

친정을 걱정하고, 동생을 챙기고, 엄마를 돌보고……, 늘 나보다 남을 먼저 챙기며 살았다. 결혼 후에도 마찬가지였고, 심지어 임신 중에도 예외는 없었다.

내 인생은 남들처럼 편히 앉아 쉴 새가 없었던 것 같다. 어디 가서 생색 한 번 내본 적도 없지만, 그렇다고 늘 고운 보답만 받고 산 건 아니었다. 억울한 일도 있었고, 속 터지는 순간도 많았다.

열일곱 살이던 해, 지인들과 함께 찍은 사진이다. 뒷줄 맨 왼쪽이 나이고, 앞줄 맨 왼쪽은 셋째 언니와 조카들이다

그래도 나는 내가 걸어온 길을 후회하지 않는다. 오히려 이렇게 버텨온 내가 참 기특하고 대견하다고 느껴진다.

가끔은 이런 생각이 든다.

'막내 아들 하나 있다고 나를 늘 뒷전으로 밀어두던 엄마가 지금 살아 계셨다면, 내게 진심으로 고맙다고 말해주지 않았을까?'

그때는 서로의 마음을 다 헤아리지 못했지만, 세월이 흐르면서 이제는 알 것 같다. 언젠가는 모든 진심이 자연스럽게 드러나고 결국 서로의 마음이 통하게 된다는 것을.

뜻밖의 인연, 예상 밖의 시작

나는 어릴 적부터 마음을 다잡고 교회와 직장, 이 두 가지에만 집중해 왔다. 20대 초반 여성들이 흔히 관심을 두는 연애나 결혼 같은 일에는 그다지 관심이 없었다. 언니들이 연애 문제로 엄마 속을 썩이는 걸 보며 자랐던 탓도 있었지만, 무엇보다 나는 나 혼자 힘으로 삶을 일으켜 세우는 것이 더 급하고 절실했다.

고향을 떠나 타지인 부산에서 부모님 없이 홀로 지내던 때, 문득 내 삶의 앞길이 막막하게 느껴졌고 내 판단만으로 살아가는 것이 불안했다. 그때 우연히 교회 간판을 보게 되었다. 어렸을 때 언니들 따라 교회에 다녔던 기억이 떠올랐다. 교회에서 하나님을 배우고 좋은 가르침을 얻는다면 내 삶의 올바른 길을 찾을 수 있으리라는 간절한 마음으로 교회에 다시 나가기 시작했다. 그때부터 나의 삶을 지탱해 준 것은 신앙과 책임감이었다.

당시 나는 회사에 다니다 보니 낮에는 교회에 못 가고, 저녁 예배만 나갔다. 하루는 어느 집사님이 나를 붙들고 물어보셨다.

"야야, 너는 낮에는 왜 교회를 안 나오노?"

"제가 회사에 다녀서요. 토요일까지 근무해야 해서 못 오고 있어요."

그렇게 말씀드렸지만, 마음이 영 개운치 않았다. 신앙이란 것이 삶의 중심이 되어야 하는 법인데, 회사를 이유로 예배드리지 못하니 부끄러웠다. 최선을 다해 방법을 찾으면 얼마든지 해결할 수 있지 않을까? 결국 나는 낮 예배에 빠지지 않고 출석하고 싶어서 시간이 자유로운 직장을 찾기 시작했다.

역시 간절히 기도하니 길이 생겼다. 교회 집사님 소개로 미싱 자수 기술을 배우게 된 것이다. 이 기술을 익혀 미군 부대 안에서 파는 수공예품을 만드는 곳에 취직까지 하게 되었다. 그렇게 조금씩 자리를 잡아가나 싶던 어느 날, 이전 직장의 상사가 나를 찾아왔다.

그는 대뜸 내 또래인 여동생 이야기를 꺼냈다. 내가 미싱 자수 기술로 취직했다는 소문을 들었다며, 자기 여동생도 같은 기술을 배워 취직시키고 싶다며 도움을 청했다. 같은 회사에서 일했지만 친분은 거의 없던 터라 조금 당황스러웠지만, 어려운 부탁이 아니어서 기술을 배울 수 있는 곳을 소개해 주었다.

시간이 흘러 교육과정을 마친 그의 여동생은 나와 같은 회사에 취직했다. 그가 여동생이 혼자 지내는 것을 걱정하고, 나는 남동생 학비 때문에 한 푼이 아쉬운 형편이라 함께 자취도 하게 되었다. 방값을 나누려는 마음으로 시작한 일이었지만, 예상치 못한 상황이 이어졌다. 룸메이트의 오빠인 그 상사와 자주 마주치게 된 것이다.

결혼, 새로운 인생이 열리다

처음에는 여동생을 보러 오는 줄 알았는데, 어느 날 그는 내게 직접 쓴 편지를 건넸다. 나는 그 편지가 썩 달갑지 않았다. 이전에 다니던 직장에서 그의 애인이 같이 근무해서 상사에게는 만나는 사람이 있는 것을 내가 알고 있었기 때문이다. 그래서 내게 그런 연애편지를 왜 주느냐고 물으니, 여동생이 나서서 해명했다. 이미 오래전에 헤어졌고, 오빠는 지금 진심으로 나를 좋아한다고 했다.

그래도 나는 선뜻 마음을 열 수 없었다. 무엇보다 종교가 달랐기 때문이다. 나에게 신앙은 단순한 취향이 아니라 삶의 중심이었고, 그 차이는 쉽게 넘을 수 있는 벽이 아니었다. 하지만 그는 쉽게 포기하지 않았다. 무려 두 해 가까이, 그는 정성스레 편지를 보내며 나를 설득했다. 그 진심 앞에 나는 흔들리지 않을 수 없었다.

그즈음에 서울 위생병원에서 간호사로 근무하던 언니가 마침 부산에 올 일이 있었다. 나는 아무리 거절해도 요지부동이라, 언니에게 그를 만나서 종교 문제로 두 사람은 잘 되기 어렵다고 말해달라고 부탁했다. 그런데 결과는 뜻밖이었다.

언니는 상사와 만나서 두 시간쯤 이야기를 나눈 뒤 돌아오더니 내 손을 붙잡고 말했다.

"그 총각이 참 똑똑하더라. 저런 사람을 만나기가 어디 쉽겠나. 종교야 우리 믿음이 옳으니까, 나중에라도 바꾸면 되는 거지. 무조건 싫다고만 하지 말고, 한번 만나보고 괜찮으면 좋은 사람 있을 때 네가 먼저 결혼해라."

예상과는 다른 반응에 생각이 많아졌다. 나 역시 그가 전 직장에서 보여준 성실함과 진중한 태도를 기억하고 있었다. 술, 담배 한 번 하지 않고, 말수는 적어도 책임감 있고 믿음직했던 모습이 떠올랐다.

직접 만나 이야기를 나누어 보니 그는 이미 마음을 정해둔 상태였다. 내게 처음 호감을 느낀 것은 같은 회사에 다닐 때부터였다고 했다. 당시 그는 반장이었고 나는 사원이었는데, 나는 늘 다른 동료들보다 일을 빨리 끝내고는 사물함에 들어가 잠을 자곤 했다. 낮에는 회사 일을 하고 밤에는 학원에 다니느라 항상 잠이 부족했기 때문이다.

그는 그런 나를 보며 아무 말도 할 수 없었다고 한다. 맡은 일을 모두 마치고 잠을 자는데 뭐라 탓할 수도 없는 노릇이었지만, 그렇게 열심히 살아가는 모습이 오히려 마음에 들었다고 했다. 여동생 취직을 핑계로 나를 찾아온 것도, 여동생을 나와 함께 자취하게 한 것도 모두 나를 가까이에서 지켜보고 싶었던 나름의 계산이었다고 했다.

우리는 두 달쯤 만나고 곧장 결혼을 결정했다. 전혀 계획에 없던 결혼이었지만, 내 선택은 내 삶의 방향을 완전히 바꿔놓았다. 그때는 몰랐다. 그 인생이 얼마나 파란만장한 여정을 품고 있었는지.

함께 짊어진 첫 시련

남편은 스물여덟, 나는 스물셋.

결혼을 결정했지만, 우리는 가진 것이 없었다. 부부의 인연이라 그런 것까지 닮았는지, 그동안 둘 다 성실하게 일해왔지만, 번 돈은 모두 가족들을 뒷바라지하는 데 들어갔다. 결혼 자금은커녕 변변한 목돈 하나 마련해 두지 못한 형편이었다.

돈이 없으니 결혼 준비도 제대로 못 했다. 내 자취방 보증금으로 남편 양복과 시누이 한복을 맞췄고, 나는 양말 한 켤레 새로 사지 않았다. 결혼식은 규모가 있는 사진관에 조촐하게 손님을 모시고 기념 촬영 겸해서 올렸다. 당시 돈 없는 사람들이 흔히 하는 방식이었다.

신혼집은 친구 삼촌분의 보증으로 15만 원 은행 대출을 받아 얻었다. 작은 방 두 칸짜리 집에서 우리 부부와 시누이까지 셋이 함께 살았다. 살림살이라 해봐야 자취할 때 쓰던 솥, 냄비, 그릇이 전부였고, 방 한쪽에는 옷장 대신 화장대 하나만 덩그러니 놓았다.

결혼 후에도 나는 동생 학비를 대느라 내가 번 돈의 대부분을 친정에 보냈다. 출산 전날까지 일했고, 몸도 채 회복하지 못하고서 다시 일터로 나가야 했다. 남편 월급은 대부분 은행 이자로 빠져나 갔고, 셋이서 빠듯한 살림을 아슬아슬하게 이어갔다.

그러던 중 남편은 지인의 소개로 조립식 철제 선반을 제작해 납품하는 사업을 시작했다. 건설 현장에서 자재를 쌓을 때 쓰는 구조물을 프레스로 구멍을 뚫어 조립하는 방식이었다. 기계 한 대로 시작했는데 초반 반응이 괜찮았다. 남의 공장에서 일할 때보다 수입도 좋아졌고, 얼마 지나지 않아 직원도 생기면서 제법 공장이라 부를 만한 형태를 갖추기 시작했다.

　하지만 세상은 우리를 그리 오래 웃게 두지 않았다. 박정희 대통령 서거 이후 경기가 급속히 얼어붙었고, 거래처가 하나둘 끊겼다. 그렇게 우리의 첫 도전은 생각보다 빨리 무너졌고, 우리는 그 여파 속에서 하천가의 작은 판잣집까지 밀려나게 되었다.

　바로 그 자리에서부터 나의 또 다른 삶이 시작되었다.

1부

버티고, 벌이고, 살아낸 시간들

1장

판잣집에서 시작된 신앙과 살길

세상이 우리에게 내민 것은 판잣집 한 칸짜리 삶이었다. 절망의 한가운데서 시작된 그 시간은 우리 가족에게는 끝이 아니라, 아주 긴 시작이었다. 살기 위해 신을 붙들었고, 버티기 위해 땀을 흘렸고, 살아보겠다는 마음 하나로 밥을 고르고 몸을 돌봤다. 신앙은 삶을 포기하지 않는 태도였고, 일터는 기도보다 치열한 예배의 자리였다.

이 장은 바로 그 '살길을 찾아야 했던 시절'의 이야기다. 무너졌던 날들과 그 속에서 하나씩 다시 쌓아 올린 작은 다짐들. 신앙이 의지가 되고, 의지가 삶을 바꾸기 시작한 그 첫 페이지를 여기에 펼쳐 본다.

1. 하천가 판잣집, 끝과 시작이 겹친 자리

무너짐은 예고 없이 찾아왔다

낙동강 하천가에 붙어 있던 허름한 판잣집. 월세 1만 원짜리 방 한 칸에 수도도 전기도 없었다. 그래도 보증금 없이 들어갈 수 있다니 감지덕지했다.

하천을 따라 늘어선 판잣집 중에서도 우리 집은 특히 낡고, 작았다. 창문이랍시고 달린 건 얇은 비닐 한 장이었고, 허술한 벽은 바람만 불어도 달그락 소리를 냈다. 비만 오면 바닥이 축축해졌고, 아이들은 걸핏하면 감기에 들었다. 그래도 버티고 또 버텨, 그 집에서 우리는 3년을 살았다.

대체 왜 이렇게 된 걸까? 결혼하고 남편은 가공업을 시작했다. 성실하게 일했지만, 매출은 늘지 않았고 외상이 쌓여만 갔다. 어느 시점부터는 직원들 월급을 제때 주지 못했고, 결국 노동청에 고발당했다. 얼마 뒤, 공장 문 앞에 빨간딱지가 붙었다. 공장 운영 정지, 5년을 버텼지만, 끝은 너무 허망하게 찾아왔다.

우리는 살 곳마저 잃었다. 지인이 소개해 준 그 하천가 판잣집이 우리가 갈 수 있는 유일한 곳이었다. 나는 그 집에서 세 아이를 돌보고, 아픈 남편을 간호하고, 끼니를 해결해야 했다. 나라에서 영세민을 도와주는 제도 같은 것이 없던 시절이었다. 살길은 그저, 각자가 알아서 찾아야 했다. 그때 연년생 아들 둘은 여섯 살, 다섯 살, 막내딸은 이제 막 말문이 트일 두 살 무렵이었다.

빚은 불어나고, 삶의 가능성은 점점 줄어들었다. 한밤중에 일어나보면, 내 마음속에서 걱정과 불안이 뒤엉켜 우는 소리가 들렸다. 세상에 기대할 것이 하나도 없다고 느껴지자 내 입에서 저절로 말이 나왔다.

"여보, 우리 이래가꼬는 도저히 살길이 없어요……."

그 말은 포기가 아니었다. 이렇게는 안 되겠다는, 무언가를 바꿔야 한다는 신호였다. 돌파구를 찾아야 한다는 절박한 각성이 었다. 누가 잘했고, 누가 잘못했는지를 따질 겨를은 없었다. 그저 우리가 함께 벼랑에 서 있다는 사실만 분명했다.

버티는 것으로는 부족했다. 어떻게든 살아내야 했다.

토끼 두 마리와 한 번의 기도

나는 아이 셋을 데리고 나가서 돈 벌 엄두가 안 났고, 남편은 병이 깊어 일을 제대로 하기 어려웠다. 딱히 고정 수입이랄 것이 없이 살다 보니, 별별 궁리가 다 떠올랐다. 그중 하나가 강아지였다.

'강아지를 키우면 1년쯤 뒤에 팔면 10만 원쯤 벌 수 있지 않을까?'

지금 생각하면 우스운 얘기지만, 그때는 진심이었다.

들뜬 마음으로 구포 오일장에 갔다. 하지만 내가 들고 간 돈은 강아지 한 마리 사기에도 부족했다. 난감해하고 있으니 가게 주인이 한마디 던졌다.

"그라믄 고마 토끼라도 사가소. 앙고라 토끼는 새끼도 잘 낳고, 털도 깎아 팔 수 있습니더."

그 말에 혹해 토끼 두 마리를 사 왔다. 주변에 널린 배춧잎, 무청, 풀잎 같은 걸 먹였더니 정말 새끼는 잘 낳았다. 그런데 주인집 아주머니가 한마디 하셨다.

"야야, 토끼털을 팔라카믄 영양가 있는 거를 먹여야지. 그런 거만 먹여갖고 되겠나, 털이 반지르르하니 윤기가 싹 돌아야지, 안 그러면 팔리지도 않을긴데!"

맞는 말이었다. 그렇다고 사료를 살 돈이 있나, 그렇다면 방법은 하나다. 버리는 걸 주워 오면 된다. 콩나물 대가리는 아귀찜집에서 버릴 테고, 채소 가게에는 상한 부분을 잘라낸 당근 조각들이 있다. 이야말로 돈 안 들고 영양 많은 토끼 밥이다.

그날 바로 빌린 페인트통 두 개를 들고 부전시장까지 가서 버리는 채소를 주워 담았다. 문제는 돌아오는 길이었다. 버스를 타려는데 안내양이 뚜껑도 없이 쓰레기 같은 채소를 담은 통을 보더니 못 탄다며 나를 밀쳐냈다. 나도 알고 있었다. 남들 눈에는 채소 찌꺼기가 담긴 페인트통을 끌어안고 선 내 모습이나 너무도 초라했다.

"집에 애들만 있는데 이 버스 못 타면 두 시간을 걸어가야 합니더, 나 좀 태워 주이소."

기어코 버스에 올라 운전석 뒤 손잡이를 붙잡고 섰다. 숨을 좀 고르고 나니, 버스 안 승객들의 시선이 느껴졌다. 내가 들고 있는 것들도 모두 쓰레기나 다름없었고, 낡아빠진 옷을 걸친 추레한 내 모습을 보니 거지도 이런 상거지가 없을 지경이었다. 이토록 초라하고 비참한 내 처지가 너무도 절망스러웠다.

그 순간, 눈을 뜬 채로 간절한 기도가 흘러나왔다.

"하나님, 사람을 만드실 때는 다 뜻이 있으셔서 만드셨을 텐데…… 저희 남편, 술 담배도 안 하고 정말 열심히 사는데, 왜 이렇게밖에 살 수 없을까요. 제가 이래 죽자사자 살아도 계속

이 모양입니다. 어떤 일을 해야 살 수 있을지, 어느 길이 제 길인지 알려주세요. 제발, 우리에게 딱 맞는 일 하나만 주세요."

끝이라고 생각했던 밤

낮에 있었던 일을 말한 순간, 남편의 얼굴이 굳었다.

그날 낮, 옛 거래처 사장님이 외상 대금을 받으러 우리 집까지 찾아왔다. 문 앞에서부터 고함을 지르며 사기꾼이라느니, 돈 떼먹고 도망쳤다느니 별별 악담을 늘어놓으며 한바탕 소란이 벌어졌다. 나 혼자 아이들을 데리고 그 창피하고 치욕스러운 상황을 전부 감당했더니 진이 다 빠져버렸다.

속상한 마음에 푸념 한마디 했을 뿐인데 남편 귀에는 그게 또 다른 짐처럼 들렸던 모양이다. 묵묵히 듣나 했는데 부아가 치미는지 먹던 저녁 밥상을 확 밀쳐버렸다. 종일 일하고 온 사람한테 밥상머리에서 그런 소리를 한다며 무섭게 쏘아붙였다.

남편은 원래 그런 사람이 아니었다. 목소리를 높이지도 손을 올리지도 않던 사람이었는데 그날은 뭔가가 무너져 있었다. 눈빛도, 말투도, 몸짓까지도 달랐다. 그 순간 나는 남편에게서 한 번도 본 적 없는 낯선 얼굴을 봤다. 가난은 결국 사람을 그 지점까지 몰아붙였다.

놀라서 우는 딸을 안고 방을 나서자, 두 아들도 허겁지겁 따라 나왔다. 몇 걸음 걸었더니 강가에 도착했고, 나는 아무런 주저도 없이 강물 속으로 걸어 들어갔다. 정강이까지 차오른 찬물이 느껴지는 순간, 아이들의 울음소리가 들려왔다. 두 아들이 양쪽 치맛자락을 붙잡고 가지말라고 필사적으로 매달리고 있었다. 그 순간, 아주 선명한 생각이 머릿속을 지나갔다.

'너 혼자 죽는 건 네 선택이지만, 네 자식들까지 죽이는 건 살인이야.'

정신이 퍼뜩 들어 물에서 나왔다. 밤공기는 차가웠고, 발끝이 얼어붙을 듯 시렸다. 집으로 돌아갈 수 없어 볏짚 더미 속으로 들어가 몸을 기대었다. 내가 말없이 울자, 아이들도 따라 울었다. 혼자였다면 밤을 새웠겠지만, 아이들이 있어서 결국 새벽녘에 집으로 돌아왔다. 남편은 한쪽에 등을 돌린 채 잠들어 있었고, 나도 아무 말 없이 자리에 누웠다.

다음 날 아침, 세상이 너무 멀게만 느껴졌다.

무언가를 기대하기에는 마음이 너무 바닥나 있었다.

믿음이라는 시작점

'어차피 이렇게 된 거, 하나님이나 붙들고 죽자…….'

사람은 이상하게도 가장 밑바닥에 닿으면 오래된 기억 하나를 더듬게 된다. 내게는 그 기억이 바로 하나님이었다.

나와 남편은 결혼 전부터 교회를 다녔다. 하지만 사업이 어려워지자, 남편은 사람들 눈을 의식하고 마음의 여유마저 사라졌는지 교회 가기를 꺼렸다. 나까지도 못 다니게 해서 몇 해를 하나님 없이 살았다. 그리고 그 끝이 바로 하천가 판잣집이었다.

강가에서 아이들과 밤을 지새웠던 날로부터 한 달쯤 지났을 무렵, 친구가 전도회에 같이 가자고 했다. 그래, 인생 막다른 길에 몰린 마당에 죽더라도 하나님 믿다가 죽지 싶어서 남편을 붙들고 애원했다.

"당신 회사 마치고, 딱 일주일만 전도회에 가봅시다. 내 마지막 소원이에요."

아무 잘못도 없는 내게 화를 내고 감정이 격해졌던 일이 마음에 걸렸는지, 남편은 나를 볼 낯이 없었던 모양이다. 별말 없이 고개를 끄덕였다. 그렇게 일주일 동안 전도회에 참석한 후, 우리는 다시 함께 교회에 나가기로 했다.

하지만 진짜 문제는 그다음이었다. 우리가 다니려는 교회는 토요일에 예배를 보는 예수 재림교였다. 그런데 당시는 토요일까지 근무하던 시대여서 남편이 예배에 참석하기가 어려웠기 때문이다. 결국 내가 큰마음을 먹고 남편에게 말했다.

"당신이 지금까지 술, 담배도 안 하고 진짜 성실하게, 정직하게 살았잖아요. 그런데도 결과가 이렇다면 이제는 하나님을 1번으로 두고 해봅시다. 그런다고 설마 굶고 살기야 하겠어요?"

남편은 망설였다. 그 힘든 형편에, 그나마 수입이 생기는 회사를 교회 때문에 그만두라니 당황하지 않을 수 없었을 것이다.

"이 여자야, 우리 가족이 앞으로 어떻게 살지 대책도 없이 왜 이리 막무가내고."

"우리가 하나님을 믿기 위해 원도 한도 없이 온 힘을 다하면 다른 길을 열어 주실 겁니다."

남편은 확신에 찬 내 눈빛에서 무언가를 읽었는지, 마침내 조용히 말했다.

"……, 그래, 그라자. 교회 안 가는 날 내가 무슨 일이라도 하면 뭐, 굶기야 하겠나."

그 길로 남편은 다니던 회사에 사표를 냈다. 무모해 보였고, 무대책이었고, 누가 봐도 위험한 결정이었다. 하지만 내 안에는 이상할 정도로 확신이 있었다.

돌아보면 모든 변화는 그날 그 결정에서 시작되었다.

남편의 말 없는 성실함이 만든 기회

남편은 토요일 예배 약속을 지키겠다는 각오로 회사를 그만두었다. 하지만 우리 형편에 마냥 놀 수는 없었다. 정규직은 어렵고, 대신 '반일 근무'를 선택했다. 옛 직장을 찾아가 사장님께 "일을 좀 도와드리고 싶다"라고 말했다.

사장님은 그럴 바에 아예 정식으로 입사하라고 제안했지만, 남편은 '개인 일'이 있어 정규직까지는 어렵다고 했다. 사실은 예배 때문이었지만, 하천가에 사는 형편에 그런 말이 나올 리 없었다. '배부른 사람'이라는 소리를 들을까 봐 둘러댄 것이다.

당시 한 달 월급이 35만 원 성노였는데, 남편은 절반인 18만 원만 받고 일하기로 했다. 쌀이랑 연탄 정도는 살 수 있으니 그걸로도 감사했다. 주 6일 근무가 보통이던 시절, 토요일 교회 예배로 쉬다 보니 자연스럽게 주 5일 근무가 된 셈이었다. 월급도 절반밖에 안 받으니 그만큼만 일한다고 생각할 수도 있었지만, 남편은 그런 식의 계산을 하는 사람이 아니었다.

겉으로는 반일 근무지만, 실제로는 그렇지 않았다. 오후 7시, 퇴근하는 직원들과 함께 공장 문을 나선 남편은 반대쪽에서 버스를 탄다며 빙 둘러서 다시 회사로 들어갔다. 문을 닫고, 불을 켜고, 저녁도 먹지 않고 아무도 모르게 홀로 '야간 근무'를 시작했다. 자정까지 매일.

덕분에 일은 항상 기한보다 일찍 끝났고, 언제나 깔끔하게 정리해 두었다. 절반만 일할 사람으로 여겼던 사장님이 깜짝 놀랄 정도였다. 남편이 퇴근 뒤 다시 공장으로 들어간다는 걸 사장님이 알 리가 없었다. 그저 '일을 참 부지런히 하네'라고 생각만 하고 넘겼다고 한다.

그러던 어느 날, 늦은 밤에 공장 건너편을 지나던 사장님이 내부에 불이 켜져 있는 걸 보고 의아해서 들여다보았다. 창문 너머, 아무도 없는 공장, 그리고 그 안에서 남편이 혼자 일하고 있었다. 그날 이후로도 사장님은 몇 번을 더 홀로 일하는 남편을 목격했다. 두 달, 석 달, 여섯 달, 언제나 그 시간, 남편은 그곳에서 일하고 있었다.

아무리 기다려도 남편이 좀처럼 티 내지 않자, 사장님이 먼저 아는 체를 했다.

"아니, 일을 그리 많이 하면서 돈은 고작 그거만 받아서 되나?"

그날 이후, 남편의 월급은 18만 원에서 40만 원으로 올랐다. 한 달 월급이 35만 원인데 그보다 5만 원이 더 많았고 심지어 공장장 자리도 주어졌다. 일한 지 7개월 만의 일이었다.

남편은 말로 표현하진 않았지만, 정말 기뻐했다. 이제 겨우 생계를 잇던 수준에서 벗어나 '적금 20만 원'을 넣을 수 있을 만큼 되었다니 말이다. 남편의 묵묵하고 성실했던 시간이 우리 가족을 판잣집 밖으로 끌어내는 첫걸음이 되었다. 드디어 살림이 달라지기 시작했다.

하천가 판잣집을 떠나 연립주택을 얻다

어느 날, 남편이 회사에서 돌아와 사장님이 집 이야기를 하셨다고 했다. "집이 너무 초라하면 남자가 일할 맛이 안 난다"면서 돈을 좀 빌려줄 테니 전셋집을 하나 알아보라고 하셨단다. 남편의 성실함을 누구보다 잘 알던 사장님은 비록 속사정까지는 몰라도 우리 형편을 어느 정도는 짐작하고 계셨던 모양이다.

그 말씀을 전해 들었을 때, 정말이지 뭐라 말할 수 없었다. 아이들이 점점 커가는데 판잣집에서 더는 못 살겠다고 생각하던 참이었기 때문이었다. 그래서인지 마냥 기뻤다기보다, 뭐랄까……, 우리의 고단함을 알아주는 사람이 있다는 사실에 마음이 먼저 뭉클해졌다.

당장 근처 연립주택을 알아봤다. 방 두 칸짜리, 전세금 350만 원. 우리 형편으로는 감히 꿈도 못 꿀 만한 금액이었다. 그런데 사장님은 차용증 하나 쓰지 않고, 우리 이름으로 전세 계약을 해주셨다. 대신 이자 7만 원은 매달 월급에서 제하기로 했다.

하천가에서 3년을 보낸 우리 다섯 식구에게 새로운 보금자리가 생겼다. 바닥이 마른 집, 창문이 있는 집, 수도가 나오는 집이었다. 아이들이 "엄마, 여기 진짜 우리 집이야?"하고 묻던 것이 지금도 잊히지 않는다. 새벽마다 물소리에 깨지 않아도 되었고, 비가 와도 방바닥에 신문지를 깔지 않아도 되었다. 이제야 사람 사는 집에 들어온 것 같았다.

하지만 그렇게만 끝나지 않았다. 이사한 지 몇 달 되지도 않아 어떻게 알고 사업할 때 진 외상값을 받으러 사람들이 하나둘 찾아왔다.

"이렇게 좋은 집 얻을 돈이 있으면 내 돈부터 갚으소."

우리 돈이 아니고, 지금 일하는 곳 사장님이 빌려준 거라 해도 막무가내였다.

그때 알았다. 세상에 공짜는 없고, 도움은 책임을 부른다는 것을.

그리고 더 분명히 깨달았다.

누가 뭐래든, 우리 식구 살길은 우리가 찾아야 한다는 것을.

어설픈 장사꾼, 좌충우돌 도전기

남편이 밤 11시까지 야근하는 성실함으로 가족을 지탱해 냈다면, 나 역시 손 놓고 있을 수는 없었다. 나는 원래 그런 사람이었다. 가만히 앉아 남편만 바라보는 건 내 성미에 안 맞았다.

그렇다고 처음부터 능숙했던 건 아니다. 나는 용감한 대신, 조금 덜렁대는 데가 있었다. 손발은 빠른데 생각은 그보다 느리고, 마음은 앞서는데 준비가 좀 부족했다. 그래서 시작은 늘 우당탕거렸다.

한번은 팥죽 장사에 도전했다. 겨울날 새벽, 자갈치 시장에 나가서 보니 사람들이 리어카 앞에 줄을 서서 팥죽을 사 먹고 있었다. '나도 저거 하면 되겠다!' 그날 밤 바로 팥죽을 만들었다. 찜통에 팥죽을 담고, 식지 말라고 천으로 돌돌 말고, 뚜껑 위엔 국자와 그릇까지 얹어 챙겼다. 준비는 그게 다였다.

하지만 시장에 도착하자마자 깨달았다. 나는 리어카도, 불도 없었다. 그 중요한 걸 깜빡한 것이다. 차가운 바닥에 찜통을 내려놨지만, 아무도 거들떠보지 않았다. 불도 없이 어둠 속에 놓인 찜통이 그냥 이름 모를 짐짝처럼 보이지 않았겠는가. 장사고 뭐고 시작부터 틀어졌다는 걸 단박에 알아차린 나는 순간 머쓱해져 어정쩡하게 서 있을 수밖에 없었다. 결국 근처 고물상에서 일하는 분들에게 "싸게 드릴 테니 따뜻하게 드세요"라며 겨우 대여섯 그릇을 팔았다. 나머지는 이고 지고 도로 가져와 아이들과 내리 사흘을 팥죽만

먹었다. 팥죽 장사는 그렇게 하루 만에 접었다.

시작은 어설펐지만, 거기서 멈출 내가 아니었다.

아이 셋을 키워야 하고 남편은 밤마다 야근까지 하는데, 내 눈에 돈이 될 구석만 보이면 무엇이든 못할 게 있겠는가. 신발 장사도 해봤다. 어느 날 동네를 걷다 보니 신발 가게에 '점포 정리'라고 큼지막하게 붙어 있었다. 아이들 신발이나 하나 사볼까 하고 들어갔는데 물건이 제법 괜찮았다. 반짝 머리를 굴렸다.

"이거 전부 사면 좀 싸게 해 줍니까?"

사장님은 손사래를 쳤다.

"이거를 뭘 더 싸게 줍니까? 하나 사나, 전부 사나 가격은 같지예."

흥정은 물거품이었지만, 어차피 싼 값에 떨이 나오는 물건인 데다 상태도 좋아서 그냥 몽땅 사버렸다. 트럭에 실어 집으로 옮기고는 비닐에 뿌옇게 앉은 먼지를 털어내고, 낡은 포장은 새 비닐로 갈아 씌웠다. 종류별로 나눠 총 포대 세 개를 만들었다. 문제는 이걸 어디 가서 파느냐.

구포 오일장이 떠올랐다. 집에서 버스 정류장까지는 20분 거리, 다섯 살짜리 딸 손을 잡고 포대 하나를 먼저 머리에 이고 가서 정류장에 내려놨다. 딸에게 "잘 지키고 있어라" 당부해 놓고, 다시 부리나케 집으로 달려가 나머지 두 포대를 날랐다. 세 번을 왕복하고 나니 이마에 땀이 줄줄 흘렀다.

짐이 많다고 인상을 찌푸리는 안내양을 애써 모른 척하며 세 포대를 버스에 밀어 넣고 1시간 거리에 있는 시장에 도착했다. 도로포장도 안 된 흙바닥에 포대를 펴고 자리 잡자마자 목을 가다듬고 외쳤다.

"점포 정리! 신발 싸게 드립니다! 점포 정리!"

그날 반 포대를 다 팔고, 남은 두 포대 반은 다시 들고 돌아왔다. 그걸 시작으로 오일장마다 나가 팔았다. 넉 달쯤 지나니 신발은 싹 다 팔려나갔고, 우리 아이들 발에도 새 신발이 한 켤레씩 들어왔다.

일명 '때수건'이라고 불리는 이태리타월도 팔았다. 신문에서 '영업사원 모집' 광고를 보고 가보니 이태리타월, 하이타이(당시 가정에서 많이 쓰던 세탁 세제다), 샴푸 등을 팔면 수당을 준다고 했다. 처음엔 이태리타월을 받아서 들었는데, 가만히 보니 포장에 공장 주소가 있었다.

문득 '내가 왜 중간에서 받아 팔지?' 싶어 바로 공장을 찾아갔다. 큰 박스 하나에 7,000장, 개당 60원꼴이었다. 목욕탕에서는 100원에 파니까 나는 80원에 팔기로 했다. 이태리타월 안 쓰는 집이 어디 있나, 자신 있었다.

그런데 또 문제가 생겼다. 딸을 데리고 집집마다 돌아다녔더니

다들 "왜 이렇게 싸요? 가짜 아니에요?"하고 의심부터 했다. 억울했지만, 그래서 내 딸 앞에서 더 당당하게 말했다. "내가 가짜 만들 돈이 있으면, 이런 데 왜 다니겠어요?" 하지만 그 말을 하면서도 안 되겠다 싶어, 결국 전략을 바꿨다.

이제부터는 구포 오일장 삼거리로 나가 다섯 장씩 묶어 350원에 팔기로 했다. 목욕탕보다 150원이나 싼 셈이니 주부들이 그냥 지나칠 리 없었다. 사람 많은 삼거리 한복판에 자리 잡고, 박스를 가랑이 사이에 야무지게 끼운 채 목이 터져라 외쳤다.

"때수건! 다섯 장에 350원! 때수건 떨이!"

그렇게 석 달 동안 장날마다 나가 7,000장을 다 팔았다. 남은 순이익은 8만 원. 나는 그중 5만 원을 감사 헌금으로 냈다. '뭐, 벌었으면 드려야지. 안 그러면 또 어떻게 벌겠어.' 그렇게 내 손에 남은 건 3만 원이 전부였다. 셈이 빠른 사람이라면 고개를 저을지 몰라도 나는 괜찮았다. 그 석 달, 내가 얼마나 열심히 뛰었던가, 땀 흘려 번 돈이니까 그만큼 값졌다.

가만히 있으면 아무 일도 일어나지 않는다

살다 보면 어떤 시기는 온통 막막하기만 하다. 그 시절 우리도 그랬다. 무너진 사업, 남아 있는 외상값, 빚, 좁고 허름한 집,

아픈 남편, 어린 자녀들……, 누구 탓을 할 수도 없고, 어디 기대기도 어려운 날들의 연속이었다.

그래도 멈추지 않았다. 남편은 묵묵히 일했고, 나는 끊임없이 뭐라도 팔았다. 성실함은 남편의 방식이었고, 움직임은 내 몫이었다. 가끔은 실패했고, 가끔은 울었다. 그래도 괜찮았다. 내가 뭐라도 하면 이상하게도 어디선가 길이 조금씩 열렸기 때문이다. 남편이 성실함으로 문을 열었다면, 나는 그 문을 끝까지 밀고 나가는 사람이었다. 그게 내 방식이었다. 돈이 되든 안 되든, 나는 내 몫의 자리에서 늘 한 발 더 내디뎠다.

살길은 어디에나 있었다. 다만 '보는 눈과 다시 시작할 마음'이 필요했다. 남의 도움만 바라서는 안 되었고, 도움이 왔을 때도 그걸 지렛대로 삼아 내 힘으로 이어가야 했다. 그걸 못 하면 남의 말 한마디에도 마음이 무너지는 법이다.

나는 그런 사람이 되고 싶었다. 무너지는 대신 다시 일어서는 사람, 운이 아닌 근성으로 버티는 사람, 가진 게 없어도 다시 시작하는 데 주저하지 않는 사람.

그것이 내 삶을 여기까지 끌고 온 힘이었다.

가난보다 더 힘들었던 것

하천가 판잣집에서 우리 부부를 더 힘들게 했던 건, 남편의 건강이었다. 아직 젊었기에 가난은 언젠가는 나아질 수 있다고 믿었지만, 남편은 몸이 따라주지 않았다. 제대로 일하기 어려웠고, 그나마 번 돈도 병원비며 약값으로 써버렸다. 저축은 꿈도 꾸지 못했다.

전쟁으로 아버지를 잃고 큰집에 맡겨진 남편은 어릴 적부터 온갖 허드렛일을 도맡아 하며 힘겹게 학업을 이어갔다. 그 시절엔 중고등학교도 시험에 합격해야만 입학할 수 있었다. 그런데 학교를 마치고 집에 가면 산에 올라가 쇠여물 할 나무를 베고 밭일까지 거들어야 했기에 마음 놓고 공부할 수 있는 처지가 아니었다. 그래서 학교가 끝나도 집에 돌아가지 않고 교실에 홀로 남아 국어, 사회, 도덕 같은 과목의 책을 읽었다고 한다. 가르쳐주는 사람 하나 없이 오직 책에만 매달려 밤늦도록 읽고 또 읽었다.

그렇게 힘들게 공부한 실력으로 마침내 중학교와 고등학교 입학시험에 합격해 진학할 수 있었다.

고등학교 졸업 후에 부산에 올라와서는 당장 기술이 없으니, 월급을 많이 못 받았다. 하숙하면 월급이 전부 하숙비로 나갈 지경이라 공장 창고에서 먹고 잤다고 한다. 그때는 전기밥솥도 없을 때여서 연탄불에 밥을 지어 먹어야 했는데, 그게 여의치 않으니, 삼시 세끼를 라면에 찬밥만 말아 먹으며 하루 세 끼를 때웠다고 한다. 그렇게 버틴 세월이 5년이었다.

겉으로는 멀쩡해 보여도 몸은 이미 오래전부터 속으로 무너지고 있었는지도 모른다. 남편은 쉽게 지치고, 잦은 통증에 시달리며, 늘 어딘가 불편해 보였다. 결혼한 지 여덟 달쯤 되었을 때, 남편이 일하다 갑자기 배를 부여잡고 쓰러졌다. 급성 맹장이었다. 흔한 수술이라 곧 괜찮아지겠지 싶었지만, 회복이 더뎠다. 지금 생각해 보면 가난한 청년 시절 몸속에 쌓였던 것들이 뒤늦게 반응했던 것 같다.

엎친 데 덮친 격으로 사업이 힘들어지면서 남편은 숨이 가쁘고 소화가 되지 않는다고 했다. 병원에 갔더니 협심증이라는 진단이 나왔다. 그건 맹장처럼 떼어내는 것도 아니고, 약으로 쉽게 나아지는 병도 아니었다. 약기운이 떨어지면 다시 증상이 도졌고, 얼굴빛은 날이 갈수록 더 어두워졌다.

나는 그제야 깨달았다. 남편의 병은 어느 날 갑자기 찾아온 것을. 힘들었던 삶이 만들어낸 건강의 이상이 몸 전체에 이상을 일으키면서 협심증으로까지 이어졌다.

당시 남편의 건강 상태는 그가 살아온 시간 전체가 만든 몸의 반응이자 결과였다.

하나님의 밥상, 그게 약이었다

처음 교회에 다시 나가기 시작했을 때, 우리 가족은 그리 말쑥한 모습이 아니었다. 남편은 늘 지쳐 보이고 예배가 끝나면 곧장 자리를 떴다. 마음의 여유가 없어서인지 교인들과 잘 어울리지도 못했다. 게다가 딸아이는 눈에 항상 다래끼를 달고 다녔다. 한쪽에 동시에 두세 개씩 나기도 해서 속눈썹이 제멋대로 뻗쳐 있고 눈 주위가 빨갛게 부어올라 있었다.

예배를 마치고 나오던 어느 날, 교회 청년 한 사람이 다가와 조심스럽게 말을 걸었다.

"따님이 눈에 다래끼가 자주 나는가 봅니다. 애가 고생하네요."

내가 멋쩍게 웃으며 그렇다고 했더니, 그가 말했다.

"한번 밥을 현미밥으로 바꿔보시고, 고기는 끊어보세요. 자연식으로 드시면 다래끼에 많이 도움이 될 겁니다."

그 말을 들은 남편은 교회에서 나온 건강 관련 책들을 찾아

읽더니 "일리가 있다"라고 말했다. 하나님이 만드신 자연의 음식을 먹으면 몸이 본래의 건강을 되찾을 수 있다는 것이었다. 그래서 처음에는 딸만 먹이려 했는데 아이가 혼자 그 거친 현미밥을 먹을 리 없었다. 결국 온 가족이 함께 먹기로 했다. 그렇게 우리 집 밥상이 바뀌었다. 현미밥을 기본으로 하고 채소를 익히거나 생으로 먹는 자연식 밥상이었다.

그 시절에 현미밥을 먹는 일은 결코 쉽지 않았다. '현미'라는 말조차 생소해 구하기가 힘들었고, 쌀집에 물어보니 한 달은 기다려야 가져다줄 수 있다고 했다. 겨우 손에 넣었지만, 막상 밥을 지어보니 전혀 먹을 수 없었다. 찰기가 없어 펄펄 날아다니는 밥알에 입이 가지 않았다. 믿을 곳은 하나님뿐이었다.

"하나님, 이 밥을 먹을 수 있도록 지혜를 주세요."

기도 후 가만히 생각해 보다가 오래 불린 현미에 백미 찹쌀을 조금 섞어 밥을 지었다. 그제야 찰기가 생겨 먹을 만한 밥이 되었다.

몇 달이 지나자 놀라운 변화가 생겼다. 가장 분명한 변화는 딸아이의 다래끼였다. 이전에는 다래끼 때문에 늘 눈이 벌겋게 붓고 곪아 고생했지만, 이제는 감쪽같이 사라졌다. 딸의 눈은 더할 나위 없이 맑고 깨끗해졌다.

그렇게 계속 자연식 밥상을 유지하며 지냈더니 예상치 못한 변화가 또 하나 있었다. 바로 남편의 몸 상태였다. 원래 그는 협심증 탓에 늘 숨이 차고 얼굴에 병색이 어려 있었다. 그런데 현미밥과 자연식을 온 가족이 함께 먹으면서 남편도 점점 컨디션이 좋아지기 시작한 것이다. 딸아이의 다래끼를 고치고자 시작한 일인데 남편의 몸까지 나아지고 있었다.

딸의 가을 운동회가 있던 날, 남편이 뜻밖에도 '아버지 달리기'에 참가하겠다고 했다. 나는 걱정스러워 만류했지만, 남편은 "한 번 해보지 뭐, 할 수 있을 것도 같은데……"라며 고집을 꺾지 않았다. 결과는 놀라웠다. 이전 같았으면 뛰기는커녕 조금만 걸어도 숨이 넘어갈 듯 가쁘고 기침이 나왔을 텐데, 남편은 100미터를 완주했다! 달리고 나서도 숨이 차지 않았다. 오히려 상쾌하다며 기분 좋게 아이처럼 웃었다. 그날 이후 남편은 확신했다.

'아, 내가 나았구나!'

하나님이 주신 자연 그대로의 밥상이 우리 가족에게 약이 되었던 순간이었다.

몸이 달라지자 삶이 보였다

그때의 경험은 단지 남편의 병이 나았다는 데서 끝나지 않았다. 몸이 달라지자, 마음도 달라졌다. 조금만 오래 걸어도 숨이 찼던 사람이 달리게 되고, 사람 만나는 것도 꺼리던 남편이 교회 마당을 돌아다니며 웃기 시작했다. 병색이 완연하던 표정과 걸음, 목소리가 달라지고, 힘들어하던 호흡 곤란까지 점점 사라지기 시작했다.

그 변화를 곁에서 지켜본 나는 알 수 있었다. 몸이라는 것은 단순한 생존의 기계가 아니라, 사람의 의지와 믿음이 깃드는 그릇이라는 사실을 말이다. 몸은 마음이었고, 몸은 신호였고, 몸은 결국 살아가겠다는 선언이었다.

우리가 자연식을 시작한 건 하나님이 주신 방식대로 몸을 다시 일으켜 보고 싶었기 때문이다. 물론 쉽지 않았다. 먹는 것을 바꾼다는 건 살던 방식을 바꾸는 일이고, 그건 곧 다시 살아보겠다는 마음이 없으면 할 수 없는 일이었다. 그래도 우리는 해냈다. 약이 아니라 식탁에서, 남편은 다시 일어났다.

그 이후로 우리는 '무엇을 먹을 것인가'라는 질문을 삶의 한복판에 놓기 시작했다. 가진 것이 없고 생활비도 빠듯했지만, 그 어떤 치료보다 효과가 있었던 건 매일 우리가 손수 고른 음식이었고, 그걸 가능하게 한 믿음이었다. 밥이 약이고, 기도가 식단이 되고, 기도로 차린 밥상이 결국 남편을 살렸다.

몸을 바꾸는 일이 마음을 바꾸고, 마음이 달라지자, 삶의 방향이 바뀌었다. 처음에는 남편을 살리려는 마음이었지만, 그 마음은 점점 더 커졌다. 그 후로 우리에게 몸을 돌보는 일은 '남의 일'이 아니라, '내 일'이 되었다. 누구든 다시 일어설 수 있다는 확신,

살릴 수 있다는 믿음이 우리 안에 깊이 자리 잡기 시작했다.

아직 사업도 아니었고, 사명도 아니었다. 다만 삶을 바꾸는 길이 정말 존재한다는 것을 본 사람만이 갖게 되는 어떤 확신이었다. 돌아보면 그 확신이 훗날 우리를 또 다른 길로 이끈 첫 출발이었다.

장사로 이름을 세우다

장사를 시작한 건, 그저 돈을 벌기 위해서였다. 그러나 내게 장사는 그 이상이었다. 마수도 못 한 장사부터 시작해, 사람 냄새 나는 장사로 손님을 모으고, 마침내 '김점두리'라는 이름값을 제대로 하기까지, 그 여정에는 남다른 감각과 고집, 그리고 무엇보다 진심이 있었다.

돈을 얼마나 버느냐보다, 어떻게 버느냐가 더 중요했다. 손님과 이익을 나누고 믿음을 남기는 장사를 하다 보니 내 방식대로, 내 속도로 꾸준히 갈 수 있었다. 대단한 성공은 아닐지 몰라도 내 이름 석 자만큼은 내가 내 손으로 세웠다고 자신 있게 말할 수 있다.

마수도 못 한 첫 장사

남편은 다행히 안정적으로 월급을 받아왔다. 예전처럼 막막하게 손 놓고 있는 상황은 아니었지만, 그렇다고 내가 가만히 앉아 있을 수는 없었다. 아이 셋을 키우고, 살림을 꾸리고, 갚아야 할 빚도 있었으니, 이제는 자잘한 장사 말고 제대로 된 '내 장사'를 한번 해봐야겠다는 생각이 들었다. 더 이상 단발성 수입으로는 안 되겠다 싶었다. 무언가 확실하게 돈이 될 일을 찾아야 했다.

뭘 해야 할지 눈을 부릅뜨고 찾던 와중에 마침 같은 교회의 교인 한 분이 헌책방을 한다기에 솔깃했다. 책 파는 일이라면 아이들을 데리고도 할 수 있을 것 같았다. 헌책 장사라곤 구경도 해본 적 없지만, 무작정 쫓아가 "좀 가르쳐 주세요"라고 말했다. 지금 생각해 보면, 그때 나는 참 겁도 없고 배짱도 있는 사람이었다.

가진 돈이 없으니 좋은 자리는 꿈도 못 꿨다. 이리저리 알아보다가 대신동 구덕 운동장 뒤, 산복도로 길목에 작은 점포 하나가 눈에 띄었다. 안쪽에 방도 딸려 있었고, 근처엔 공업 고등학교도 하나 있어 학생들도 많이 오가니 안성맞춤으로 보였다. '여기다!' 싶어 일단 덜컥 계약부터 했다.

　개업 첫날.

　책을 나르고, 분류하고, 먼지를 닦고, 가게 안팎을 정리하면서 속으로 은근히 기대했다. '첫날인데 얼마나 팔리려나?' 하지만 하루 종일 문 열고 앉아 있었건만 손님은커녕 구경꾼 하나 없었다. 문 닫고 정리하면서 보니 한 푼도 못 팔았다. 마수도 못 한 것이었다. 개업 날인데도 마수도 제대로 못 한 것이다. 그제야 깨달았다. 공고생들은 책에 크게 관심이 없다는 사실을.

　너무 어이가 없고 허탈해서 주인에게 하소연하니, "신학기 되면 좀 나아질 거다"라고 위로했다. '그러면……, 조금만 더 버텨보자.' 두 달쯤 지나 신학기가 되자 정말 학생들이 하나둘 들어오기 시작했다. 책도 팔렸다. 하지만 한 달 꼬박 문을 열어 올린 매상이 18만 원, 떼온 물건값 제하고 나면 9만 원이었다. 여기에서 점포세, 전기세, 수도세조차 낼 돈이 안 되었다.

　하루는 가게 마감하면서 남편에게 푸념 아닌 푸념을 했다.

　"여보……, 당신도 망하고, 나도 망해부렀네……."

　그렇게 간판 걸고 시작한 내 첫 장사는 실패로 끝났다. 하지만 이상하게도 포기할 마음은 들지 않았다. 힘은 빠졌지만, 마음 한쪽에서 오기가 피어올랐다.

장사꾼은 그렇게 만들어지는 법이다.

엿장수 대신, 기막힌 자리를 찾아내다

첫 헌책방이 망하고 나니 머리가 하얘졌다. 손에 남은 것도 없고, 마음은 쪼그라들고⋯⋯, 그렇다고 손 놓고 앉아 있을 내가 아니었다. '도대체 망하지 않는 장사가 뭐가 있을까?' 진심으로 고민하다가 문득 떠오른 것이 엿장수였다. '그래, 엿장수! 그건 망할 일이 없겠는데?'

생각할수록 괜찮았다. 가위 하나 챙기고, 엿판 하나만 리어카에 올려서 팔면 되니 망할 구석이 별로 없었다. 남들 보기에 모양이 꼴사나워 보일지는 몰라도 무슨 상관인가. 나야 돈을 벌고 싶을 뿐이었다. 나 나름으로는 좋은 아이디어라고 남편에게 말했더니, 어처구니없다는 듯한 표정이 돌아왔다.

"아이고, 이 사람아. 어디 세상천지에 여자가 엿장수를 한다는 이야기는 들어본 적도 없다. 내가 좀 알아볼 테니까, 일 벌이지 말고 가만히 있어봐라."

그다음부터는 남편이 움직이기 시작했다. 저녁 7시에 퇴근하면 곧장 집으로 오는 대신, 버스를 갈아타며 사람 많은 곳만 골라서 부산 시내를 돌기 시작했다. 피곤하고 배가 고플 텐데도 어디에 사람이 몰리는지, 어디에 장사판이 살아 있는지 남편이 직접 발로 뛰며 찾았다. 며칠 뒤, 남편이 사직동에 한번 가보자고 했다.

사직종합운동장을 지나 올라가면 시영아파트, 주공아파트 같은 13평짜리 서민 아파트들이 잔뜩 있는 곳이었다. 버스 이용객이 많았고, 주변에 중고등학교가 네 곳이나 있어서 거리엔 늘 사람이 바글바글했다. 딱 봐도 말 그대로 서민과 학생이 동시에 몰리는 동네였다. 남편은 그 자리라면 된다고, 이번에는 느낌이 확 온다고 확신했다.

엿장수 얘기는 웃기지만 진심이었고, 그걸 말리던 남편의 노력으로 우리가 다시 움직이게 될 계기가 시작된 셈이다. 이번엔 정말 해볼 만한 자리를 찾은 것 같았다. 하지만 문제는 가격이었다. 우리 형편에 맞는, 헌책방이 들어갈 만한 자리는 좀처럼 찾기 어려웠다.

며칠을 더 고민하며 돌아다니던 중, 한 자리가 눈에 들어왔다. 신축 건물 사이, 담벼락 옆에 작은 천막이 하나 쳐져 있었다. 저긴 싸겠다 싶어 물어보니 저 아래 부동산에 가보라고 했다. 그렇게 찾아간 부동산에서 재밌는 이야기가 나왔다.

그 자리는 이전 건물에서 권리금 300만 원에 토큰 장사를 하던 곳이었다고 한다. 그런데 이 토큰 장사 아저씨가 매일같이 주변 가게랑 싸우고 말썽을 피워서 골치가 아팠단다. 이 사정을 안 새 건물주가 아예 임대 안내도 붙이지 않고, "괜찮은 사람 나타나면 주자"고만 했다는 것이다. 그렇게 부동산에 내놓았다기에 그럼 우리가 얻고 싶다 하니 무슨 장사를 하냐고 물었다. 우리는 술도 담배도 안 하고, 그저 조용히 책이나 파는 사람들이라고 했더니 그 자리에서 말이 나왔다.

"그럼 하세요. 권리금도 없어요!"

바로 그 말 한마디에 마음이 딱 굳었다. 이번에는 느낌이 확실했다. 자리도 좋고, 사람도 많고, 무엇보다 이 자리는 '우리가 직접 발로 뛰어 찾아낸 자리'라는 확신이 있었다.

이번에는 될 것 같았다.

아니다, 이번엔 무조건 돼야 했다.

간판도 없이 터진 대박

신학기 끝 무렵인 4월 말, 간신히 짐을 옮겨 사직동 새 자리에 헌책방을 다시 열었다. 그때가 벌써 4월 말, 이미 학기 초 대목이 지난 뒤라 내 마음은 바짝 조급했다. 당장 문을 열어야 하는데 간판 달 돈도, 정신적 여유도 없었다. 진열장도 더 짜고, 손볼 데가 많아도 기다릴 시간은 없었다. 학생들 발길 하나라도 더 붙잡으려면 준비가 덜 됐어도 일단 문부터 열어야 했다.

일요일 아침, 남편이 트럭에 책을 잔뜩 실어 날랐다. 점포 안에 책장을 직접 일일이 박아주고는 점심도 못 먹고 다시 회사로 향했다. 남편이 가고 나면 그제야 내 일이 시작이었다. 먼지 뒤집어 쓴 헌책을 하나하나 꺼내 손바닥으로 툭툭 털고, 행주로 문지르고, 제목을 살피며 나름의 분류를 해나갔다. 문을 활짝 열어두고 정리를 하고 있는데 사람들이 가게 쪽을 힐끗힐끗 들여다보더니 한마디씩 던졌다.

"어, 여기 헌책방 생기나 보네?"

간판도 없는 가게였지만, 그 짧은 말이 그렇게 반가울 수가 없었다. 간판도 없는데 알아봐 주는 사람도 있고 괜히 마음이 좀 설렜다. '이번엔 진짜 될 수도 있겠다' 싶었다. 그리고 그 예감은 곧 숫자로 증명되었다.

개업 첫날, 그날 하루 매상이 얼마였는지 아는가? 세상에, 무려 18만 원이나 되었다. 간판도 없는 가게에서 말이다! 새로 생겼냐며 기웃기웃 들어오는 사람도 많고, 들어오기만 하면 뭘 하나씩은 꼭 사 갔다. 책이 술술 팔려 나가니 정신이 없을 만큼 신이 났다.

마감하면서 그날 번 돈을 손에 쥐고 몇 번을 다시 셌나. '이게 진짜 오늘 하루 매상 맞나?' 그때 그 기분은 지금도 잊을 수가 없다. '나한테도 이런 날이 오는구나!' 남편이 발로 찾아낸 자리, 내가 망설이지 않고 다시 문을 연 타이밍, 그리고 내 손으로 일일이 닦아 올려놓은 책들……, 그 모든 게 착착 맞아떨어지니까 안 신날 수가 없었다.

그날, 나는 처음으로 '장사라는 게 진짜 이 맛에 하는 거구나!'

싶었다.

진짜 돈을 버는구나, 진짜 살길이 다시 열리는구나. 그날은 내가 장사꾼으로서 처음 환호성을 지른 날이었다. 영원히 잊지 못할 하루다.

손님과 이익을 나누다

장사를 하다 보면 알게 된다. 돈은 물건을 파는 것이 아니라, 주는 데서 돌아온다. 그건 누구로부터 배운 것이 아니라, 내 장사판에서 직접 몸으로 익힌 진리였다.

나는 토요일이면 가게 문을 닫았다. 교회에 가야 했기 때문이다. 내가 믿는 제칠일안식일예수재림교에서는 토요일이 안식일이므로 일하지 않고 예배를 드린다. 그 시절 학교들은 토요일까지 수업을 했고, 선생님들이 주말 숙제를 꼭 내주었던 때다. 헌책방 입장에서 보면 토요일은 손님이 제일 많은 날이었다. 그래도 나는 토요일이면 무조건 쉬었다. 그러니 다른 날 장사를 더 집중해야 했다.

문제는 쉬는 날이 있어도 손님이 끊기면 안 된다는 것이었다. 손님들이 책을 사러 간다면 당연히 '그 집', 즉 우리 집으로 간다는 인식이 있어야 했다. 그러려면 뭔가 나만의 판매 방식이 필요했다.

'어떻게 해야 문 닫은 날에도 학생들 마음이 우리 집에 머물게

할 수 있을까?'

'어떻게 해야 주말에 쉬어도 문 여는 날만 기다려서 우리 집으로 오게 만들까?'

가만히 생각해 보니, 이 세상에 돈 싫어하는 사람은 없었다. 이리저리 궁리하다가 문득 하나님께 드리는 십일조가 떠올랐다.

'내가 버는 돈의 10분의 1을 하나님께 드리는 것처럼, 내가 돈을 벌게 해주는 사람에게도 내 이익금 중 일부를 좀 떼어 주어야 겠다!'

그래서 나는 이렇게 했다. 학생이 책을 사러 오면 헌책을 사면서 좀 깎아 달라고 한다. 그럼 조금 깎아주고서, 학생이 문을 나서기 직전에 다시 부른다.

"학생, 이리 와 봐라. 내가 좋은 거 하나 줄게."

"예? 뭔데요?"

"손 한번 내봐."

그리고 그 손바닥에 매상에 따라 1,000원, 많게는 2,000원을 쥐여준다.

"어? 돈을 왜 줘요?"

"이것은 내가 너한테 책을 팔고 남긴 이익금에서 떼준 거다. 나는 점포세는 많이 내니 좀 더 가져가고, 나머지는 너한테 주는 거야. 내 이익금을 너랑 나누는 거지."

"진짜요? 이것 저한테 주는 돈이에요?"

"그래, 이것은 네 몫이다. 다음에 오면 또 줄게, 친구를 데려오면 그 친구에게도 주고, 너에게도 또 줄게."

이건 그냥 기분 내키는 대로 한 일이 아니었다. 겉으로는 별것 아닌 것 같아 보여도, 내 나름대로 계산하고 세운 확실한 장사 전략이었다. 요즘도 2,000원이면 편의점에서 뭐라도 하나 살 수 있다. 그 시절엔 그 돈이 훨씬 컸다. 그걸 쥐여주면 학생들 얼굴빛이 확 달라졌다. 기분이 좋아져서 친구를 데려오고, 그 친구가 또 다른 친구를 데려왔다.

사실 그 동네에 헌책방이 나 하나만 있었던 건 아니다. 위쪽에도 하나 있었고, 몇 군데가 더 있었다. 그런데 "그 집 가면 돈 준다더라"라는 말이 돌면서 학생들이 다 우리 집으로 몰려오기 시작했다. 6개월쯤 지나자, 학생들이 아예 우리 집만 찾았다. 문 닫은 날엔 다른 곳에 안 가고, 문 여는 날을 기다렸다가 사겠다는 거다.

그래, 이게 바로 내 장사였다.

나는 헌책을 팔았지만, 돈을 주고, 기분을 돌려주고, 마음을 얻었다.

찾아오는 헌책방이 되다

헌책방이라고 아무 책이나 갖다 놓으면 되는 것이 아니다. 학생들이 진짜로 찾는 책은 정해져 있었다. 《수학의 정석》은 기본이고, 《삼위일체 영어》, 《기초 영문법》 같은 유명 영어 참고서, 이런 책이 없으면 장사가 안되는 거다.

문제는 그런 책들은 잘 안 들어온다는 것이다. 운 좋게 들어와도 낙서투성이거나 찢겨 있는 경우가 태반이었다. 하지만 내가 어떤 사람인가, 그렇다고 그냥 앉아서 기다리는 건 내 스타일이 아니다. 책이 안 들어오면 내가 직접 뛰어다니면 되는 것이다!

그 책들을 들여놓으려고 멀리 중구 보수동까지 갔다. 그쪽 헌책방 골목에 가면 참고서 재고를 파는 도매상들이 줄줄이 있었다. 그런데 거기서도 마찬가지였다. 잘 나가는 참고서는 헌책이라도 도매로 넘기지 않는다는 것이다. 자기들이 소매로 팔아도 다 나가니까 굳이 줄 이유가 없기 때문이었다. 짐작은 하고 간 터라 쭈뼛거릴 것도 없이 바로 말했다.

"사장님, 걱정하지 마세요. 저 도매를 바라지 않습니다. 소매값으로 사 갈게요."

사장님이 눈이 동그래져서 되물었다.

"아니, 그렇게 가져가면 돈도 안 남을 텐데 그걸 왜 가져갑니까?"

"괜찮아요. 이 책이 우리 가게에 있으면 학생들이 다시 옵니다. 와서는 다른 책도 보고 또 사가잖아요. 이 책 한 권으로는 안 남아도 그다음이 계속 이어지니까, 저는 손해 안 봅니다."

"아지매, 진짜 장사꾼이시네! 그러면 잘됐네, 차비라도 좀 빼드릴게요!"

그렇게 해서 우리 헌책방은 항상 '좋은 책이 있는 집'으로 소문이 났다. '그 집에 가면 늘 원하는 책이 있다'라는 소문 하나로 학생들이 다시 오고, 그 재방문이 또 다른 손님을 데려왔다.

나는 그렇게 팔기에 집중하는 장사보다 '다시 찾게 되는 집'을 만드는 장사를 했다. 그게 내 방식이었다. 눈앞의 이익보다 마음을 남기는 장사, 그래서 다시 발길이 돌아오는 집이 결국 오래가는 집이다.

믿음을 남기는 장사

결국 나는 늘 장사꾼이었다. 리어카도 불도 없이 팥죽을 팔겠다고 나선 어설픈 첫 시절부터, 헌책을 팔아 자리를 잡던 때, 그리고 전 세계 수십 개 나라로 녹즙기를 수출하는 지금까지, 팔았던 물건은 달라도 장사꾼이 아닌 적은 한 번도 없었다.

장사는 단순히 물건을 파는 일이 아니다. 눈앞에선 물건을 팔고 돈을 받지만, 오래가는 건 결국 마음을 남기는 일이다. 나는 그 진리를 장사 초반부터 뼈저리게 배웠다. 책 한 권으로 이익을 남기지 못해도 괜찮다. 그 책을 찾아온 손님이 나를 기억하면 그걸로 장사는 끝난 것이다. 그게 내 방식이었다. 당장 얼마를 벌었느냐보다 다음에 또 오느냐가 진짜 결과였다.

큰 장사든 작은 장사든 돈을 벌게 해준 고객에게는 반드시 뭔가를 돌려줘야 한다. 장사 철학이라면 거창하게 들릴지 몰라도, 나에게는 너무나 당연하여 몸에 밴 상식이었다. 이익금을 나누든 좋은 물건을 미리 갖춰 편의를 제공하든 '그 집은 뭔가 다르더라', 이 말 하나만 남기면 장사는 성공이다.

처음 헌책 장사를 알려줬던 교회 교인은 손님에게 그런 전략을 쓰지 않았다. 결국 큰돈을 벌지 못했다. 나는 그것을 보며 더 확신했다. 돈은 혼자 버는 것이 아니다. 같이 벌고, 같이 나눠야 돌아온다.

장사는 팔고 끝나는 것이 아니다.
다시 오게 만드는 것이다.
그게 진짜 장사다.

나의 장사 철학은 그때 헌책방에서만 끝나지 않았다. 녹즙기 사업을 할 때도 마찬가지였다. 남편은 연구실에 틀어박혀 기계만 붙들고 있었지, 사람 상대나 장사는 아예 내 몫이었다. 어떻게

나는 헌책 장사로 남편의 녹즙기 개발을 지원하며 가정을 꾸려갔다.

홍보하고, 어떤 방식으로 물건을 팔고, 어디에 공장을 세우고, 어떤 시장으로 나갈지를 처음부터 끝까지 내가 판을 짰다. 남편이 기술로 기계를 만들었다면 나는 감으로 장사를 키운 사람이다.

그때 헌책방에서 익힌 감각, '사람을 붙잡고, 다시 오게 만들고,

입소문이 스스로 돌아오게 만드는' 그 감각이 결국 엔젤녹즙기를
오늘 이 자리까지 데려온 셈이다.

짜깁기 이름에도 복은 붙는다

장사 이야기를 하다가 갑자기 이름 이야기를 꺼내어 의아할지도 모르겠다. 하지만 내 인생을 돌이켜보면 이름은 단순한 호칭 그 이상이었다. 처음에는 아무 의미 없이 무심하게 붙여진 이름이었지만, 내가 장사를 하면서, 아니 살아오면서 이름 덕에 겪은 일들이 참 많았다. 놀림도 듣고, 칭찬도 듣고, 기억에 남는 일도 많았다. 다 복이라고 치면 복이고, 우연이라 해도 재미있는 우연이다. 그래서 이쯤에서 꼭 이름 이야기를 해두고 싶다.

내 이름은 '김점두리'다. 흔하지 않은 세 글자 이름이다. 어디 가서 한 번에 정확히 불려본 적이 드물고, 처음 듣는 사람은 꼭 한 번쯤 되묻는다. 어릴 적엔 창피할 때도 있었지만, 이제는 자랑스러운 이름이다. 이 이름에 내 인생이 담겨 있고, 내가 걸어온 장사의 길과 버텨낸 시간이 그대로 새겨져 있기 때문이다.

나는 다섯째 딸로 태어났다. 이름도 넷째 언니 이름에 '점' 자 하나를 덧붙여 지은, 무성의한 '짜깁기 이름'이었다. 그런데 바로 그 이름이 내 인생을 바꿔놓을 줄은 몰랐다. 이름에도 복이 있었던 것이다.

초등학교 2학년 무렵, 동네에 철학관이 생겼다. 그곳에서 촌스러운 이름을 새로 지어준다고 해서 위의 언니는 '김경원'이라는 세련된 이름으로 바꿨다. 나도 기대에 부풀어 이름을 바꾸고 싶다고 했지만, 작명가는 내 이름은 바꾸면 안 된다고 했다.

"이 아이 이름은 복이 너무 많아서 바꾸면 안 됩니다."

너무 실망스러워서 울기도 했다. 하지만 지금 생각해 보면 그 말이 틀리지 않았던 것 같다. 누가 알았겠는가? 그렇게 아무렇게나 지은 것 같은 이름이 알고 보니 '부자 이름'일 줄은 말이다!

복이란 것이 꼭 정성을 들인 이름에만 따라붙는 게 아닌가 보다. 짜깁기 이름에도 복은 붙는다. 내가 그 증거다.

부자 이름, 김점두리

이름이라는 게 참 묘하다. 어릴 적에는 그저 남들과 달라 너무 튀어서 창피한 이름이었는데, 세월이 흐르니 '부자 이름'이라는 소리를 듣는 일이 몇 번이나 있었다. 하나님을 믿는 사람으로서 그런 말에 심취하지는 않지만, 신기하게도 그런 소리를 하는 사람들이 자꾸 생겼다. 듣고 보면 또 묘하게 들어맞는 데가 있어

웃음이 나온다. 내 이름에 뭐가 있긴 있나 보다.

한 8년 전쯤인가, 신평 공장에서 일할 때다. 대형 업소용 녹즙기 납품을 위해 경상남도 창녕까지 가게 되었다. 당시에는 내가 대표 명함을 들고 나가면 잔금을 줄 때마다 깎으려 드는 사람들이 종종 있었다. 몇 번의 난처했던 경험을 거쳐 거래처 방문 시에는 언니 이름으로 된 '영업과장' 명함을 들고 가기도 했다. 영업과장인 척하면서 "저는 결정권이 없어서요" 하고 빠져나가면 깎자고 나오는 말도 좀 줄어들기 마련이었다.

그날도 그 명함을 건넸더니 그쪽 사장님이 대뜸 이러는 거다.

"아줌마, 과부네요?"

"예? 과부는 무슨 과부예요. 우리 남편 있으니까 그런 말씀 하지 마세요. 이상한 분이시네!"

남편이 멀쩡히 살아 있는데 웬 과부 타령인가 싶어 어이가 없었다. 그런데 또 웃긴 건, 사실 형부가 일찍 세상을 띠니셔서 언니가 진짜 과부이기는 했다는 거다.

"아니, 아니, 이거는 틀림없이 과부 이름입니다. 과부 맞죠?"

하는 수 없이 그건 우리 언니 이름이라고 실토하고 내 이름을 적어줬다. 그랬더니 그 사장님 말투가 싹 바뀌었다.

"아, 이 이름은 부자 이름인데요!"

그때는 공장 하나에서 하던 시절이라 아니라고 손사래를 쳤더니 사장님이 빙긋 웃으며 말했다.

"지금은 그래도 나중에는 부자 됩니다. 이름이 딱 그렇구먼요."

비슷한 일은 그로부터 몇 년 뒤에도 있었다. 하루는 큰며느리가 새 휴대폰을 사러 간다기에 내 것도 하나 새로 하자 싶었다. 그래서 큰며느리가 내 주민등록증을 들고 휴대폰을 개통하러 갔는데 그 가게 주인도 성명학을 공부한 사람이었나 보다. 내 이름을 가만히 보더니 능청스럽게 이랬다.

"와, 이 아줌마, 부자네요. 맞죠?"

며느리가 센스 있게 받아친 말이 더 재미있다.

"네? 부자요? 하기사 공장이 세 개니까 부자 맞네요."

며느리가 다녀와서는 신나게 이야기해 주는데, 나도 한참 웃었다.

살다 보니 생각할수록 드는 생각이 있다. 내 이름이 꽤 잘 지어진 것 같기도 하다는 거다. 사무실 내 책상 위에 놓인 명패를 보면 '김점두리', 이 네 글자가 아주 조화로워 보인다. '김'과 '점'은 모두 'ㅁ' 받침이 있어서 그런지 써놓으면 안정감과 균형감이 있다. 또 '두'와 '리'는 마치 서로를 마주 보고 있는 듯한 형상이다. '김점두리'라는 이름 넉 자를 나란히 놓고 보면 글자들이 서로 빈틈없이 맞물려 있는 것처럼 보인다. 허전한 데 없이 딱 들어찬 느낌이랄까, 흩어지지 않고, 흔들리지 않고, 묘하게 균형이 잡혀 있다. 보면 볼수록 참 잘 짜였다 싶다. 아버지가 홧김에 대충 짜깁기한 이름이지만, 이제 와 보면 더할 나위 없이 잘 지으신 것 같아 괜히 웃음이 난다.

내가 만든 복, 이름값을 해내다

나는 이름 이야기를 할 때마다 농담처럼 덧붙이는 말이 있다. "짜깁기 이름이 이렇게 복이 잘 붙을지 누가 알았겠어요!"

웃자고 하는 말이지만, 그런 말을 할 수 있게 된 데까지 살아온 것은 결코 우연이 아니다. 내 삶을 스스로 일궈낸 자부심이 그 밑바탕에 있다.

어릴 땐 내 이름이 창피했고, 커서도 좋은 이름이라는 말이 귀에 들어오지 않았다. 그런데 이상하게도 그 이름이 복을 불러온다는 말을 잊을 만하면 한 번씩 듣게 된다. 그럴 때마다 문득 생각하게 된다. 이름이 나쁘다는 말보다는 낫지만, 정말 이름이 복을 끌어다 준 것일까? 솔직히 잘 모르겠다. 아무리 좋은 이름을 가졌어도 그 복을 붙잡을 줄 아는 사람이 아니면 무슨 소용이겠는가.

하천가 판잣집에서 세 아이와 아픈 남편을 돌보며 다시 시작했던 시절을 떠올려 보면 더 분명해진다. 그때 내게는 이름도, 복도 없었다. 오직 '무너지면 버티고, 밀려도 물고 늘어지는 성격' 하나뿐이었다. 지금에야 사람들이 내게 이름부터 복이 많은 사람이라 말하지만, 나는 복이 많다기보다 복을 만들어낸 사람이라 생각한다.

마지못해 지은 이름을 받은 다섯째 딸, 그 딸이 지금은 집안에서 제일 잘난 자식이 되었다. "버린 자식이 효자 노릇 한다"라는 옛말이 괜히 있는 게 아니다. 이름이 복을 끌어온 것일까, 내가 이름값을 한 것일까. 글쎄, 굳이 따지자면 둘 다 아닐까? 이름이 길을 열어줬고, 나는 그 길을 내 발로 묵묵히 걸어왔으니 말이다.

한 가지만은 분명하다.

내가 뛴 만큼, 돈이 참 잘 붙는 이름이기는 하더라!

2부

엔젤이 써 내려간 재기의 기록

3장

녹즙기로 이룬 첫 성공의 기록

　믿음에서 시작된 일이었다. 남편의 건강을 되찾기 위해 시작한 자연식, 그리고 녹즙 한 잔. 그 한 잔이 씨앗이 되어 우리는 도전을 결심했고 끝내 시장을 향해 나아갔다.

　7년을 발품 팔며 고개 젓는 시장 앞에서 흔들리면서도 물러서지 않았다. 그리고 마침내, 광고 한 편이 문을 열었다. 잘 만들었다고 믿었고, 정말로 잘 팔렸다.

　그렇게 엔젤은 첫 번째 성공을 거머쥐었다. 하지만 정점이라고 믿었던 그 순간, 우리는 미처 알아차리지 못한 균열 위에 서 있었다.

전도의 길에서 만난 녹즙 한 잔

교회로 다시 돌아간 뒤, 우리 부부의 삶은 신앙 중심으로 빠르게 바뀌었다. 이전에 잠시 교회를 멀리했던 남편이 다시 기도하고 찬송하는 모습을 보니 내 마음도 너무나 든든하고 안정되는 느낌이었다.

남편은 토요일 하루를 쉬기 위해서 월급을 절반만 받으며 교회에 다녔다. 주말에는 예배드리고, 평일에는 그만큼 열심히 일했다. 나 역시 부지런함과 정직함, 특유의 장사 센스와 노하우로 헌책방을 잘 운영하며 자리를 잡았다. 일과 신앙, 생활이 모두 안정되니 아이들도 눈에 띄게 밝아지고 활기를 되찾았다. 우리 다섯 식구의 삶이 이렇게 평탄해졌구나 싶어 미소 지어지던 시절, 하나님은 우리에게 또 다른 부르심과 전환점을 예비하고 계셨다.

사실 신앙이 깊어질수록, 우리 마음속에는 알 수 없는 갈증이 피어오르고 있었다. 하나님께 받은 은혜를 더 많은 이에게 나누고 싶다는 갈증이었다. 물론 직장과 장사를 통해 삶 안에서 복음을 전하려 노력하고는 있었지만, 그보다 더 적극적이고 본격적인 방식으로 주님의 일을 감당하고 싶은 마음이 들었다. 그러던 중 서울에서 오신 장로님 한 분을 만나게 되었다.

그분은 원래 건축업을 하셨지만, 복음을 깨닫고는 하던 건축업을 정리하고 전도자의 삶을 살고 계셨다. 서울 언덕 쪽 자취방 임대를 놓을 만한 집을 사서 월세 수입으로 가족 생계비를 쓰고, 현재는 집집마다 복음을 전하고 다닌다고 하셨다. "그 마음이 어찌나 기쁘고 평안한지 모릅니다"라는 말씀이 참 인상 깊었다.

"부부 중 한 사람은 돈을 벌고, 한 사람은 전도하러 다니는 것이 가장 이상적입니다."

그 말씀을 듣고 보니 더 생각할 것도 없었다. 나는 이미 헌책방을 하며 남편 수입의 두 배를 벌고 있었으니, 남편이 전도에 전념한다면 가정도 교회도 더욱 균형 잡힐 것 같았다.

"그럼, 당신이 직장을 그만두고 전도하러 다니는 건 어때요?"

조심스레 꺼낸 말이었지만, 남편도 내심 전도 활동에 대한 갈증을 느끼고 있었나 보다. 잠시 망설이기는 했으나 "집사람 말 들어서 손해 본 적이 없잖아."라며 웃으면서 제안을 받아들였다. 나는 계속 장사를 이어가고, 남편은 복음을 전하는 삶을 선택한 것이다.

야심 찬 도전이었지만, 시작부터 막막함이 느껴졌다. 제대로 신학 공부를 하지 않아서 막상 사람들 앞에서 말씀을 전하려니 성경 지식이 부족하다는 생각이 들었다. 마침 서울 장로님이 전도하는 이들을 위해 성경 스터디 모임을 열어주신다고 하여 남편과 함께 참석하게 되었다.

말씀 사이에 피어난 새로운 씨앗

모임 장소인 한 집사님 댁에 가면 그 집 사모님이 늘 녹즙 한 잔을 내어 주셨다.

"이거, 우리 조카가 무릎이 안 좋은데, 녹즙이 몸에 좋다 하니까 먹이려고 하는 거라예."

그 말씀에 남편도 고개를 끄덕였다. 현미나 채식의 효과는 본인도 이미 직접 체험한 바 있고, 그걸 계기로 꾸준히 관련 서적을 읽으며 공부해왔기 때문이다.

성경 스터디가 있는 날이면 늘 찾아가던 집사님 댁, 그날도 사모님은 녹즙을 내오시면서 웬일로 기계 이야기를 꺼내셨다.

"아이고, 이놈의 기계가 좋은 주서기라고 해서 쓰는데 하루에 두 번만 돌려도 1년을 못 가요. 지금 쓰는 것도 이제 다 됐는지, 또 언제 멈춰 버릴지 몰라서 불안해 죽겠네."

고개를 절레절레 저으며 하시는 말씀을 들으니 그날도 미리 녹즙을 준비하려는데 기계가 말썽을 부려 진땀을 빼신 눈치였다. 매일 정성껏 녹즙을 내오시던 그 마음 뒤에 이런 속앓이가 있을 줄은 미처 몰랐다.

알고 보니 그 집에서 쓰던 건 당시 흔히 '주서기'라고 불리던 고속모터 방식의 기계였다. 겉보기엔 힘 좋고 빠르지만 자주 돌리면 과열되어 모터가 쉽게 닳는 구조라 수명이 짧았다. 그 이야기를 들은 남편이 조용히 한마디 했다.

"하루 두 번 쓴다고 1년도 못 가면 너무하네요. 공장 기계들은 하루 종일 돌려도 20년 더 쓰잖아요. 고장 나도 손 봐서 또 쓰고요. 가정용도 좀 튼튼하게 만들면 될 것을……."

공장용 기계를 만들던 기술자 아니랄까 봐 남편은 문제의 핵심을 단번에 짚어냈다. 그 말에 사모님이 번쩍 눈을 뜨며 대뜸 제안하셨다.

"아이고, 그러면 잘됐네! 기술이 있으시니까 튼튼하게 한번 제대로 만들어봐요! 고장 안 나는 걸로!"

녹즙을 만드는 기계라니, 이야말로 남편의 최고 관심사와 기술을 접목할 수 있는 가장 좋은 아이템이었다. 사모님이 말씀하시는 순간, 나는 남편의 눈빛이 바뀌는 걸 놓치지 않았다. 그에게 녹즙은 단순히 건강 음료가 아니었다. 이미 몸으로 겪은 치유의 힘, 하나님이 주신 자연의 약을 가장 온전하게 받아내는 통로였다.

그날, 말씀 사이에서 남편의 마음속에 조용히 하나의 씨앗이 심어졌다.

씨앗이 현실로 싹트다

남편의 머릿속에는 벌써 기계 구조와 내구성 강화 같은 아이디어가 떠오르고 있었다. 시중에서 보던 주서기는 금세 고장이 나거나, 마찰열 때문에 효소가 파괴되고, 즙의 양도 만족스럽지 않았다. 기술자의 눈에는 늘 아쉬움이 남을 수밖에 없었다. 그래서일까. 사모님의 한마디는 그의 마음에 불을 지폈다.

'엔지니어라면 더 완벽한 기계를 만들어낼 수 있지 않을까?'

몸을 살리는 녹즙을 가장 좋은 상태로 짜내는 기계, 그건 단순한 발명이 아니라 사명처럼 다가왔다. 건강을 향한 열망과 기술자의 본능이 맞닿는 순간이었다.

하지만 언제나 문제는 돈이다. 남편이 벌써 기술 구상에 몰두하고 있을 때, 나는 속으로 계산기를 두드리고 있었다.

'그거 개발하려면 돈이 얼마나 들까?'

예전보다는 형편이 나아졌다고 해도 여전히 나는 헌책방을 운영하며 생활을 꾸려가던 중이었다. 기계 하나를 개발해서 시장에 내놓으려면 설계하고, 금형을 뜨고, 부품을 사고, 조립하고, 테스트까지 거쳐야 한다. 어림잡아도 만만치 않은 돈이 드는 일이었다. 그런데 뜻밖에도 사모님이 시원하게 말씀하셨다.

"기계만 잘 나오면 우리가 투자할게요. 대신 잘 돼서 돈 많이 벌면 그걸로 평신도 선교 사업을 같이해요. 지금 그것을 딱 약속합

시다."

"그럴게요. 그 약속 꼭 지킬게요."

성경 스터디 모임에서 사업 아이템이 나오고, 아이디어가 구체화되며, 거기에 투자 제안까지 이어지다니! 우연이라고 하기엔 믿기 어려웠다. 하나님이 예비하신 길이 바로 이런 것인가 싶었다. 그날 심겨진 씨앗은 단순한 생각이 아니라 현실을 향해 움트는 씨앗이었다. 우리의 발걸음은 이미 그 싹을 따라 움직이고 있었다.

믿음 하나로 시작한 도전

공장 하나 없이 오직 기술과 믿음만으로 개발을 시작한 남편은 기어이 고장 없이, 또 영양가 파괴 없이 채소 잎까지 거뜬히 갈아내는 튼튼한 기계를 만들어냈다. 꼬박 1년을 매달린 끝이었다. 오토바이를 타고 다니며 부품을 구해 직접 조립하고 다듬어 만든 첫 시제품은 작고 단단했다. 기술력만큼은 확실했다. 이제 필요한 것은 생산 라인을 갖추는 일, 팔 수 있도록 제대로 만들어내는 일이었다.

말이 쉽지, 공장이 없던 우리는 하늘을 보고 기도하며, 땅을 파듯 하나하나 부딪쳐야 했다. 거래처 공장에 부탁도 해봤지만, 소량 생산이라 이윤이 남지 않는다는 이유로 다들 미적거리기만 했다. 결국 우리 손으로 작은 공장을 차릴 수밖에 없었다. 가공 기계도 들여야 했고, 조립 공간도 마련해야 했다. 필요한 건 결국 '돈'이었다.

나는 1년 전, "기계만 잘 나오면 투자할게요. 대신 돈 많이 벌면 평신도 선교 사업을 같이해요"라며 선뜻 약속해 주셨던 사모님을 떠올렸다. 그 약속을 믿고 투자 이야기를 꺼냈지만, 뜻밖에도 그 남편분이 반대하고 나섰다. 사업이란 게 성공할 수도 있지만 실패할 수도 있는데, 자칫하면 자기들 돈만 날리게 된다며 펄쩍 뛰었다고 했다. 결국 투자 약속은 물거품이 되었다.

그날, 남편은 말이 없었다. 애써 아무렇지 않은 듯했지만, 1년을 버텨낸 사람의 침묵은 오히려 더 큰 실망을 말해 주는 듯했다. 나도 마음이 쓰였다. 그토록 기다려 온 기회가 또다시 물거품이 된 것이다. 사실 우리도 거기서 멈출 수 있었다. 아무도 뭐라 할 사람 없었고, 위험 부담을 생각하면 그만두는 게 이성적인 판단처럼 보이기도 했다. 그런데 마음 한구석에서 자꾸 이런 소리가 들려왔다.

'그분들이 안 한다고, 우리까지 약속을 저버리면 똑같은 사람이 되는 것은 아닌가…….'

사람과의 약속도 중요하지만, 그 약속 안에는 하나님과의 약속도 담겨 있었다. "돈을 벌게 하시면 선교 사업을 하겠습니다"라고 드렸던 그 마음, 그 약속이 말뿐이었다는 소리 듣고 싶지 않았다.

아무도 책임지라고 한 사람은 없었다. 하지만 나는 그 약속만큼은 내가 책임져야겠다고 마음먹었다.

결국 내가 남편을 밀어붙였다. 공장 이야기만 나오면 고개를 돌리며 낙심하던 남편도 마침내 고개를 끄덕였다.

"그래, 해보자."

아파트 대신 남편에게 올인하다

그 무렵, 나는 헌책 장사로 이미 1년에 1,000만 원가량을 벌고 있었다. 지금도 기억나는 것은 대전 엑스포하기 1년 전, 그러니까 1992년 즈음이었는데 그 시절 사직동 주공아파트 13평짜리 매매가가 700만 원이었다. 내 계산으로는 하나를 전세 놓으면 내가 번 돈으로 아파트 두 채를 사겠다 싶었다.

'이렇게 10년만 벌면 집이 스무 채는 생기겠네. 전세를 놓고 굴리면 진짜 부자가 되겠다!'

그때 처음으로 '부자'라는 단어가 나랑 아주 멀리 떨어진 꿈만은 아니라는 걸 실감했다. 그것도 누구 도움도 아닌, 오롯이 내 힘으로 벌어들인 돈이었다. 물건을 고르고 자리를 찾고 책을 닦고 값을 깎고 학생들을 웃게 하면서 내 힘으로 벌어낸 돈이었다.

헌책방은 단순한 가게가 아니었다. 내 자립의 시작이자, 우리 가족의 삶을 움직이게 만든 첫 동력이었다. 그런데 나는 그 돈으로 아파트를 사지 않았다.

  남편이 낙심한 마음을 다잡고 "그래, 해보자"라고 말했지만, 나는 알 수 있었다. 그 말 뒤에 얼마나 많은 망설임과 걱정이 숨어 있는지를. 기술 하나만으로 시장에 뛰어든다는 건, 어쩌면 그에게 무모하게 느껴졌을지도 모른다. 이미 한 번 사업 실패로 가족을 하천가 판잣집에 살게 했던 기억이 여전히 마음 어딘가에 남아 있었을 것이다. 믿었던 투자까지 무산되었으니 그 심정이 오죽했을까. 그런데도 남편은 다시 책상 앞에 앉아 설계도를 펼치고, 손끝으로 부품 하나하나를 되짚기 시작했다. 그렇다면 이번에는 내가 나설 차례였다.

  "여보, 내 아파트 안 살게요. 당신 밀어줄게요."

  나는 헌책 장사해서 번 돈으로 당신 일을 밀어주겠다고 했다. 돈이 모자라는 순간이 오면 내가 일수라도 낼 테니 걱정하지 말라며 등을 떠밀었다. 남편이 꿈을 접지 않겠다면, 나는 그 꿈을 끝까지 밀어줄 각오가 되어 있었다. 10년이든 20년이든, 내가 뒤에서 버텨주면 된다고 생각했다.

  그렇게 나는 아파트 대신 남편을 선택했다. 그리고 실제로 7년을 헌책 장사로 버텨가며 그를 밀어줬다. 남편이 만든 튼튼한 녹즙기는 결국 내 손으로 번 돈 위에서 돌아가기 시작했다. 지금 돌아보면 그 판단이 틀리지 않았다는 게 얼마나 뿌듯한지 모른다.

아파트 두 채가 사고 싶어서 알아보다가 과감히 포기하고, 남편의 꿈을 지원하기로 한 결정은 정말 최고의 선택이었다. 7년을 묵묵히 뒷받침했더니, 남편이 나를 엔젤녹즙기 법인 대표로 세워주고 본인은 회사 이사로 일하시니 그동안의 수고가 보람으로 돌아왔다.

남편이 엔지니어로 녹즙기를 만들었다면, 그 녹즙기를 세상밖으로 꺼낸 사람은 바로 나였다.

진짜 녹즙기를 향한 철학

당시 가정에서는 건강을 위해 주스나 즙을 만들어 먹는다면 주서기나 믹서기를 주로 사용했다. 하지만 이 기계들은 치명적인 단점이 있었다. 믹서기는 재료를 통째로 갈아 산화가 빠르고, 주서기는 수분만 짜내 섬유질을 버리는 방식이었다. 보기에는 싱그럽지만, 정작 중요한 영양은 빠지는 셈이었다. 남편은 여기에 문제의식을 가졌다.

"껍질만 벗기듯 수분만 짜내는 건 의미가 없어. 속살까지 다 꺼내야 진짜지."

즙을 내기 위해 재료를 문질러서 즙만 내는 것이 아니라, 섬유질 속 영양까지 뽑아내는 녹즙기를 만들어내는 것이 그의 목표였다.

남편이 이런 철학을 고집한 데는 배경이 있었다. 그 자신이 협심증을 겪은 뒤 자연식으로 건강을 회복한 경험이 있었기 때문이다. 그래서 더더욱 영양소를 무분별하게 파괴하는 기계를 만들 수는 없었다. 즙만 내는 것이 아니라, 섬유질 깊숙이 숨은 영양까지 속속들이 짜내야 진짜였다. 이것이 그가 말하는 '진짜 녹즙기'의 기준이었다.

해답은 자연에서 찾았다. 특히 되새김질하는 초식동물에서 착안했다. 예를 들어 소는 풀을 한 번 먹고 바로 삼키지 않는다. 오래 씹고, 다시 꺼내 또 씹는다. 섬유질 깊은 곳의 영양까지 천천히, 철저히 흡수하는 방식이다. 실제로 찌꺼기를 다시 짜냈더니 처음보다 더 진하고 깊은 즙이 나왔다.

이 경험은 우리가 추구한 '진짜 녹즙기' 철학의 출발점이 되었다. 남편은 이 아이디어를 구체화하기 위해 매일 도면을 펼치고 실험을 반복했다. 기술자의 손보다 환자이자 소비자의 눈으로 기계를 다듬어갔다.

재질 선택에서도 같은 철학이 반영되었다. 대부분의 기계가 플라스틱이나 알루미늄을 사용할 때, 우리는 스테인리스를 고집했다. 플라스틱 재료는 석유에서 추출하여 그 자체에서 환경 호르몬이 묻어난다. 스테인리스는 플라스틱에 비해 가격이 10배 비싸지만, 대신 위생적이고 수명이 20년이나 길다.

우리가 만든 기계는 믹서기도 주서기도 아닌 '진짜 녹즙기'였다. 남편은 단순히 튼튼한 기계를 만들려 했던 것이 아니다. 그는 처음부터 '옳은 기계'를 만들겠다는 철학을 품고 있었다. 녹즙의 효소와 영양이 마찰열에 쉽게 파괴된다는 사실을 이미 공부해

왔기에, 무엇보다 '살아 있는 영양을 온전히 보존하는 기계'를 만드는 것이 목표였다.

그렇게 탄생한 첫 기계는 겉보기에는 소박했지만, 속은 달랐다. 고속 모터 대신 저속 압착 구조를 채택해 발열을 최소화했고, 억센 채소 잎도 손상 없이 짜낼 수 있도록 정밀도를 높였다. 내구성이 좋아진 것은 부차적인 결과였고, 본질은 골수 녹즙을 제대로 뽑아내는 데 있었다.

우리는 단순히 기계를 만든 것이 아니었다. 자연요법을 실현할 수 있는 도구를 만든 것이며, '녹즙기'라는 이름과 시장, 개념 자체를 처음부터 새롭게 세운 것이었다. 기술적 자신감은 충분했지만, 안타깝게도 우리가 담은 철학까지 이해하기에는 아직 시간이 필요했다.

시장은 우리의 자신감만으로는 움직이지 않았다.

팔 곳 없는 기계와 시작된 여정

첫 출시 가격은 38만 원. 성능에 비해 값어치가 충분하다고 여겼지만, 소비자 반응은 냉담했다.

"그냥 주서기랑 똑같은 거 아닌가요? 뭐가 달라요?"

"이렇게 비싼 걸 일반 가정에서 써요?"

고개를 젓는 이들이 대부분이었다. 가격까지 높으니 아예 고려

대상조차 되지 않았다. 그제야 우리는 뼈저리게 깨달았다. 좋은 제품을 만드는 일과 그 제품을 시장에 안착시키는 일은 전혀 다른 문제라는 것을.

성능도 철학도 자신 있었기에 처음엔 조금의 기대도 있었다. 그러나 곧 절실히 알게 되었다. 아무리 잘 만든 기계라도, 팔리지 않으면 아무 소용이 없다는 것을 말이다. 건강한 철학도, 우수한 기술도, 소비자에게 전해지지 않으면 그저 '나만 아는 가치'에 불과했다. 그렇게 모든 조건을 갖춘 이 멋진 녹즙기에도 결정적인 문제가 있었으니, 바로 판로가 없었다.

최초 모델보다 업그레이드된 제품이 나왔지만, 시장은 여전히 굳게 닫혀 있었다. 광고할 자금도 브랜드 인지도도 부족한 우리에게 남은 방법은 단 하나, 직접 판로를 개척하는 것뿐이었다. 당시에는 건강보조식품이나 자연식품을 전문으로 다루는 매장이 곳곳에 있었다. 우리는 기계를 들고 그런 가게들을 일일이 찾아다니며 부탁했다.

"한 번만 써봐 주세요."

하지만 '스테인리스로 만든 고급 녹즙기'라 설명에 돌아온 반응은 오히려 이랬다.

"메이커도 없는데 이 비싼 걸 누가 사요? 팔리려나 모르겠네 ······."

결국 돌아오는 말은 한결같았다.

"그냥 외상으로 두고 가세요. 팔리면 돈 드릴게요."

아쉬운 쪽은 우리였으니 고맙다는 말마저 해야 하는 입장이었다.

그나마 부산은 관련 매장도 드물고 시장도 좁았다. 결국 우리는 중고차 한 대를 장만해 서울까지 올라갔다. 기계를 싣고 서울 시내를 돌며 매장을 하나하나 직접 찾아다녔다.

차를 얼마나 혹사했는지, 어느 날은 서울에서 돌아오던 중에 구미쯤 지나는데 길 한가운데서 차가 멈춰버렸다. 차를 그냥 두고 올 수도, 끌고 갈 수도 없는 상황. 이미 날은 어둑해졌고, 남편과 나는 둘이서 차를 밀고 또 밀어 간신히 주유소까지 끌고 갔다. 숨이 턱에 차고, 온몸이 땀에 흠뻑 젖었다. 정신없는 와중에 근처 정비소를 수소문해 차를 맡기고, 부산행 막차를 타고 내려왔다.

녹초가 되어 새벽녘에 집에 도착해서는 겨우 한숨 자고 일어나 다시 일터로 나섰다. 전날 차를 미느라 온몸에 알이 배어 숟가락 들기조차 힘들었지만, 나는 헌책방으로 남편은 공장으로 아무 일 없던 사람들처럼 각자의 자리를 지켰다.

그렇게 팔고 또 팔러 다녔다.

그게 우리의 일상이었고, 우리가 버티는 방식이었다.

느리지만 분명한 바람, 그리고 결단

끝이 있을까 싶던 암흑 같은 시간에도 중간중간 작은 희망이 불쑥 얼굴을 내밀곤 했다. 뜻밖에도 누군가가 우리 녹즙기를 '제대로 알아주는' 반응을 보여줄 때였다.

"이게 비싸도 써보니 채소 잎이 참 곱게 갈리데요."

"즙 짜내는 기어가 스텐이라고요? 와, 그러면 이거 진짜 좋은 건데, 비쌀 만하네!"

그 시절엔 인터넷이 있는 것도 아니었고, 지금처럼 정보를 쉽게 얻을 수 있는 환경도 아니었다. 건강이나 영양, 식품 재료에 대해 평소에 관심이 많거나 따로 공부하지 않으면 모르는 사람이 많았다. 대다수 소비자는 스테인리스의 위생성이나 내구성, 섬유질이나 영양소 보존의 중요성에도 익숙하지 않았다.

그럼에도 불구하고 소수의 소비자들, 즉 건강에 관심이 깊고 기본적인 지식이 있는 사람들이 분명히 있었다. 이들은 설명만 들어도 금세 고개를 끄덕이며 제품의 가치를 바로 알아보았다. 그런 분들을 만나면 우리도 판매를 떠나 신이 나서 기계 이야기를 실컷 풀어놓았다. 기술과 철학을 알아주는 사람을 만난다는 건, 장사를 넘어서 하나의 보람이었다. 그렇게 한두 사람씩, 천천히 우리 녹즙기의 진가를 입으로 전하기 시작했다. 아직은 느리고 작았지만, 그 입소문은 우리가 버텨낼 수 있는 결정적인 힘이었다.

그리고 마침내 바람이 불기 시작했다. 건강에 대한 사회적 관심이 점점 높아지고, 건강한 식생활을 챙기려는 분위기가 넓게 퍼져 나갔다. 가족 건강을 위해 조금 더 비싸더라도 좋은 제품을 고르려는 소비자들이 늘어나기 시작했다. 조용히 준비해온 우리에게 이보다 더 좋은 타이밍은 없었다.

입소문과 시대 분위기가 맞물려 마침내 월 50대를 판매하는 수준까지 올라섰다. 그 숫자는 우리에게 단순한 매출 수치를 넘어, 이 시장이 진짜 가능성이 있다는 확신을 심어주었다.

이제는 다음 단계로 나아가야 할 때였다. 더 공격적으로, 더 체계적으로 사업을 펼쳐야겠다는 결심이 섰다. 하지만 다음 단계로 가기에는 여전히 발목을 잡는 문제가 있었다. 그때 우리가 쓰던 공간은 '공장'이라 불렸지만, 사실상 좁고 낡은 작업실에 불과했다. 본격적인 양산을 하기에는 턱없이 부족했다.

고민 끝에 나는 결단을 내렸다. 나의 첫 성공이자 자본의 원천이었던 헌책방을 아예 팔아 그 자금으로 제대로 된 공장을 마련하기로 한 것이었다. 그 선택 이후, 나는 단순한 조력자가 아니라 사업의 주체로서 엔젤녹즙기에 깊이 뛰어들게 되었다.

1984년에 첫 시제품이 나온 후, 정확히 7년 만의 일이었다.

승부수를 던지다

"사장님, 요새는 TV에 선전 안 하면 물건 못 팝니다."

어느 날, 새로 들어온 직원이 툭 던지듯 말했다. 그 말에 순간 멈칫했다. 말이 되는 소리인가 싶으면서도 어쩐지 계속 마음에 걸리는 말이었다. TV 광고라니, 공장도 임대해서 쓰는 형편에 감히 생각해 본 적조차 없던 일이었다. 지금 돌아보면 그냥 웃고 넘길 이야기지만, 당시에는 상상만으로도 두려운 선택이었다.

"……, 돈이 없는데 TV 선전을 어떻게 하나?"

"뭐, 어음이라도 끊어야지. 지금 딱 이 타이밍에 해야 됩니다. 기회가 자주 오는 거 아니잖아요."

잠시 멍해졌다. '어음을 끊어서 TV 선전을 하자고?' 곱씹을수록 틀린 말도 아니었다. 우리는 장사하면서 외상도 주고받고, 신용으로 물건을 들여오기도 하며 별의별 수단으로 버텨왔던 사람들이었다. 게다가 지금은 헌책방까지 접고 녹즙기에 모든 걸 올인한 상황이었다. 몸을 사려서는 도저히 앞으로 나갈 수가 없었다. 우리가 가진 것이라고는 좋은 제품 하나, 그리고 '이번이 마지막일 수 있다'라는 절박한 각오뿐이었다.

'그래, 이왕 하는 거 제대로 가보자!'

그때는 지금처럼 광고 수단이 다양하지 않았다. 홍보하려면 매체 광고밖에 없었고, 그중에서도 단연 TV가 최고였다. 잘만 만들면 한순간에 인지도를 끌어올릴 수 있다는 믿음이 있었고, 'TV에 나왔다'라는 이유 하나만으로 소비자 신뢰가 생기던 시절이었다. 우리도 한 번쯤은 도전해 볼만 했다. 도전이라기보다, 솔직히 말해 모험에 가까웠다.

우리는 곧바로 부산의 한 프로덕션에 CF 제작을 맡겼다. 연예인을 섭외하려면 500만 원이 든다기에 3개월짜리 어음을 끊었다. 지금 보면 별것 아닐 수 있지만, 그땐 가진 걸 다 거는 배수의 진이었다.

여러모로 따져가며 고른 모델은 배우 길용우 씨와 양미경 씨였다. 당시엔 두 사람 모두 막 얼굴을 알리기 시작하던 때였다. 지금이야 누구나 다 아는 배우들이지만, 당시엔 아직 대중에게 덜 알려진 편이라 출연료도 비교적 부담 없는 수준이었다. 무엇보다 두 사람 모두 단정하고 믿음직한 이미지여서 우리 제품 이미지와도 잘 어울렸다.

광고 콘셉트는 단순하고 직관적으로 정했다. '술 마신 다음 날, 간을 보호하는 녹즙', 이 메시지를 전면에 내세웠다. 녹즙의 여러 효능 중에서도 간 해독 작용에 집중했다. 그 시절엔 회식 문화가 지금보다 훨씬 보편적이었고, 음주가 직장 생활의 일부처럼 여겨졌다. 그러면서도 슬슬 건강에 대한 관심이 높아지던 무렵이라 '음주의 부담은 줄이고, 간 건강을 챙긴다'라는 메시지는 사람들의 눈길을 끌 수 있었다. 좋은 녹즙기로 만든 건강한 녹즙, 그걸 마시면 간에도 좋다는 내용은 소비자들에게 아주 신선하게 다가갔다.

제작은 속도감 있게 진행되었다. 전국 방송은 부담스러워 우선 부산 지역부터 시작하기로 했다. 그리고 마침내 1991년 8월, 엔젤녹즙기의 첫 번째 상업광고가 MBC 인기 드라마 〈한 지붕 세 가족〉 시간대에 온에어되었다.

그야말로 꿈만 같은 일이었다. 주말 온 가족이 둘러앉아 보던 가족 드라마에 우리 세품의 광고가 전파를 탄 것이다.

이제, 그 전파가 누구의 마음에 닿을지 지켜볼 일만 남았다.

광고 한 편이 만든 기적

일요일 오전에 CF가 나가고 다음 날인 월요일 아침, 사무실 전화기가 울리기 시작했다.

"어제 테레비에서 선전하는 거 봤는데요. 그 녹즙기 회사가 맞습니까?"

처음엔 설마 했다. 그런데 잠시 후, 다시 전화가 왔다.

"선전에 나온 녹즙기, 그거는 어디서 살 수 있죠?"

주문 하나 받고 수화기를 내려놓으면 또 울리고, 다시 울리고……, 분명 무언가 움직이고 있었다.

CF를 부산에만 내보낸 건 비용 때문이기도 했지만, 우선은 홈그라운드인 부산부터 시험해 보자는 계산이었다. 일종의 테스트 삼아 시작한 일이었는데 반응이 이렇게 바로 돌아올 줄은 몰랐다. 7년 동안 부산과 서울을 오가며 한 대라도 더 팔아보겠다고 발품 팔던 그 시간이 단 몇 초짜리 광고 하나로 바뀌는 순간이었다. 뭐니 뭐니 해도 테레비에 나와야 사람들이 알아준다더니, 정말 그렇구나 싶었다.

"이거, 진짜 되네."

누구랄 것도 없이 우리 모두 그렇게 중얼거렸다. 무모한 선택 같았던 어음을 끊어 만든 광고가 정말로 사람들의 손을 움직이기 시작한 것이다.

"아, 사장님, 이러다 부산만으로 끝나면 어떡합니까? 서울도 하고, 할 수 있는 데는 다 해봐야지!"

직원 하나가 말을 꺼냈다. 솔직히 망설여졌다. 서울은 단가도 훨씬 비쌌고, 부산에서 통했다고 서울에서도 통하리라는 보장은 없었다. 하지만 이미 시동은 걸린 상태였다. 우리는 있는 자금을 전부 끌어모아 서울 방송도 밀어붙이기로 했다.

그즈음부터 문제가 생기기 시작했다. 주문은 쏟아지는데 물건이 없는 것이다. 제때 만들지도, 제때 보낼 수도 없었다. 우리는 여전히 공장을 임대해 쓰고 있었고, 생산이라고 해 봐야 손으로 하나하나 조립하고 포장하던 수준이었다. 이 와중에도 전화는 계속 울렸다.

"언제 보내나요?"

"한 대 더 주문하려는데요."

"여기 대리점인데요. 손님들이 문의하는데, 지금 몇 대나 주문할 수 있습니까?"

사방에서 우리 녹즙기를 찾는데 정작 우리는 처음 겪는 상황에 허둥대느라 제대로 대응조차 하기 어려웠다. 전에 없던 경사였지만, 마음은 급하고 손은 모자랐다.

'행복한 비명'이라더니, 딱 그 꼴이 났다.

못 만들어서 못 팔던 황금기

그 시절, 엔젤녹즙기는 진짜 잘나갔다. 서울 지역에 TV CF를 단 2개월 방영했을 뿐인데, 부산 지역의 녹즙기 제조업체였던 우리가 순식간에 '전국구 브랜드'로 올라 있었다.

첫 광고 후, 쏟아지는 주문에 남편과 직원들은 밤낮없이 공장에서 일해야 했다

엔젤녹즙기는 어느덧 단순한 가전이 아닌, 건강의 상징이 되어 있었다. 스테인리스로 만든 두 개의 분쇄 기어, 자동 제어 방식, 녹즙을 짜낼 뿐 아니라 질긴 뿌리와 생선 뼈까지 갈아내는 힘. "스텐이라 오래 간단다", "골수 영양까지 뽑아낸다더라"라는 말이 소비자들 사이에 돌았고, 그 말 한마디에 지갑이 열렸다.

한 대에 40~50만 원이라는 높은 가격에도 불구하고, 사람들은 두 대, 세 대씩 사 갔다. 대리점에서는 "한 달은 기다려야 받을 수 있습니다"라는 안내가 평범한 응대가 되었다.

1990년대 초반은 아직 홈쇼핑이라는 유통 채널조차 없던 시절이었다. CF를 보고 대리점이나 본사로 직접 전화를 걸어 주문해야 했다. 우리 사무실 전화기는 그야말로 불이 날 지경이었다.

"다 만들어내지를 못해서 못 팝니다!"

당시 우리 입에서 가장 자주 튀어나온 말이었다.

문제는 언제나 '공급'이었다. 주문은 폭주했고, 시간도 일손도 턱없이 부족했다.

이달에 500대를 만들면, 다음 달엔 1,000대, 또 그다음 달엔 2,000대……, 매달 두 배씩 치솟는 주문량에 숨 돌릴 틈이 없었다. 7년을 발품 팔아 간신히 월 50대를 팔던 녹즙기는 이제 전국 각지에서 사겠다는 손님이 줄을 서는 효자 상품이 되어 있었다.

우리 부부는 물론, 직원들도 퇴근이 어려울 정도였다. 공장 근처 모텔을 아예 숙소 삼아 밤 11시에 들어가 자고, 새벽 7시에 다시 생산 라인에 섰다. 누가 강요한 것도 아니었다. 전화는 쉴 새 없이 울렸고, 수문은 끝도 없이 밀려들었다. 사상부터 막내 직원까지 누구 하나 손을 놓을 수 없는 상황이었다.

나는 나대로 주문을 받고 각종 업무를 보면서 틈틈이 간식과 음료수를 챙겨 날랐다. 기계는 못 쉬어도 사람은 챙겨야지 싶어서 김밥이든 빵과 우유든 손에 쥐여주고 다녔다. 일이야 밀리면 따라가면 되지만, 사람 기운은 그때그때 채워줘야 하니까 말이다.

그 시절은 말 그대로 정신없는 하루하루였지만, 지금 생각해 보면 참 뜨겁고 단단한 시간이었다. 누구 하나 빠짐없이 악착같이 버텼기에, 그때의 엔젤이 가능했다.

엔젤은 그렇게 숨 가쁘게 자라났다.

엔젤이 대세다

그때 우리는 한창 기세가 올라와 있었다. 그냥 잘 팔리는 걸 넘어서, 시장을 이끄는 느낌이었다. 초반에는 무턱대고 감과 열정으로 뛰었지만, 어느새 전략이 따라붙고 있었다. 제품 콘셉트부터 유통 방식, 고객 응대까지 하나하나 정비했다. 소비자와 시장의 높아진 기대에 우리도 스스로 맞춰나갔다.

'TV에 나와야 믿고 산다'라는 소비자 심리를 꿰뚫은 광고, 대리점과 직판을 병행한 유통 전략, 고객 불만 하나도 흘려보내지 않던 대응 방식까지, 감각이 체계로 바뀌며 브랜드는 점점 날개를 달았다.

기회는 계속 이어졌다. 수출도 거침없었다. 1993년 미국 국제발명품전 특별상을 시작으로 미국과 유럽, 일본, 홍콩, 필리핀까지, 짧은 시간 안에 300만 달러 가까운 수출 실적을 올렸다. 기술 하나 믿고 국경을 넘는 일이, 우리는 가능했다.

상복도 따랐다. 중앙광고대상 소비자 인기상(1993)을 시작으로, 그 시절 경제 관련 상은 거의 다 휩쓸며 이름을 올렸다. 그중에서도 기억에 남는 건 소비자연구원에서 주관한 제1회 신기술개발부문 대상(1994)이다. 상이 생긴 첫해여서 더 의미 있었다.

물론 든든한 남편, 밤낮없이 땀 흘린 직원들, 모두 고맙고 소중한 한몫을 해줬다. 하지만 이제 와 돌이켜보면, 나 자신도 참 잘했다고 생각한다. 그때 내가 결단을 내리지 않았더라면, 그 어음을 끊지 않았더라면, 그 CF를 밀어붙이지 않았더라면, 지금 이 이야기도 없었을 것이다.

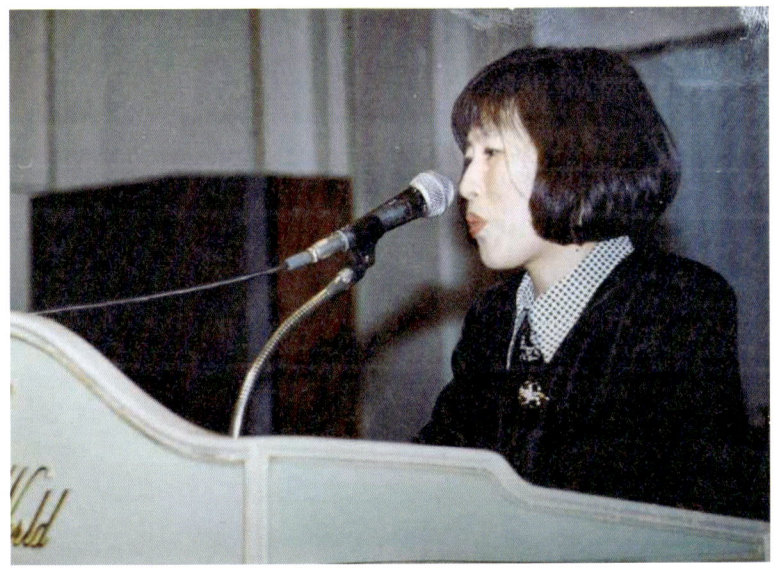

1994년 롯데호텔에서 '엔젤녹즙기 체험수기 당선자 간담회'가 열렸다.

말하자면, 이건 내 승부수였고, 내 승리였다. 그 시절, 함께였기에 가능했던 기적이었다.

광고 한 편이 불러온 기적, 우리는 그 중심에 있었다.

커진 꿈, 흔들리는 발밑

이 기세는 3년 가까이 이어졌다. 1992년, 1993년, 1994년, 엔젤녹즙기는 3년 연속 한국경제신문이 선정한 10대 히트상품에 이름을 올렸다. 중소기업 제품이 그렇게 연속으로 뽑히는 건 극히 드문데 우리가 해낸 것이다.

직원 10명 남짓으로 시작한 회사가 불과 몇 년 만에 직원 400명, 연 매출을 500억 원까지 올리는 기업으로 성장했고, 부산 지역 10대 기업 명단에도 이름을 올려 있었다. 우리가 만들어낸 녹즙기 하나가 그만한 변화를 일으킨 것이다.

"건강기기 하나로 끝내지 않겠습니다. 이젠 요양원도 건강식품도 직접 하겠습니다."

남편은 여러 인터뷰에서 자신 있는 말투로 이렇게 말했다. 그 말은 선언이었고, 우리는 실제로 그렇게 움직였다.

1992년, 우리는 '호산실업'이라는 정체성이 모호한 간판을 떼

건강한 삶을 위한 체험형 공간 엔젤하우스

고, '(주)엔젤라이프'라는 새 이름을 달았다. 단순한 제조업체가
아니라, 건강한 삶을 제안하는 브랜드로 나아가겠다는 결심이었
다. 이듬해에는 서울 역삼동에 '엔젤하우스' 1호점을 열었다. 녹즙
기부터 건강기기, 건강식품까지 한데 모은 체험형 공간, 지금으로
치면 '웰니스 프리미엄 스토어'의 원조쯤 된다. 고객은 기계를
사기 전 직접 체험해 보고, 건강 상담까지 받을 수 있었다.

그 무렵, 엔젤은 더 이상 녹즙기 회사가 아니었다. 우리는 진심으
로 '종합건강기업'이라는 새 길을 그리고 있었다. 제품도 철학도
비전도, 그 어느 때보다 선명해 보였다. 국내 시장, 해외 수출,
기술력, 브랜드, 수상 이력까지, 우리는 모든 면에서 '최고'에

무료 시음회 등 다양한 판촉 행사로 엔젤녹즙기를 알렸다.

도달해 있었다.

"제품은 모방할 수 있어도 기술과 철학은 모방할 수 없다."

그 믿음 하나로 우리는 누구보다 앞서 있었고, 누구보다 멀리 내다본다고 믿었다. 그때는 정말 이 기세가 계속될 거라 믿었다.

영광 뒤의 추락

기적 같은 성공은 현실이 되었고, 누구보다 빠르게 시장을 선도했다. 우리는 남들이 부러워하는 위치에 있었고, 스스로도 그 자리를 당연하게 여겼다. 하지만 정점은 오래 머물지 않았다.

경쟁은 집요했고, 질투는 노골적이었다. 모방과 음해, 그리고 설명조차 통하지 않는 억울함까지. 성공은 많은 것을 안겨주지만, 그만큼 많은 것을 감당하게 만든다.

우리는 끝내 그 무게를 버티지 못했고, 하루아침에 바닥으로 떨어졌다. 그리고 살기 위해 떠났다. 이 장은 그 이야기다.

우리를 닮은, 그러나 우리와는 다른

건강 열풍이 불던 시절이었다. 사람들은 녹즙 한 잔으로 건강을 챙기고 싶어 했고, 우리는 그 바람을 제대로 탄 셈이었다. 녹즙기 시장이 커지자 여기저기서 눈독을 들이기 시작했다. 우리가 처음 기계를 내놓고 인기를 얻자 군소업체들이 우후죽순처럼 생겨났다.

호시탐탐 기회를 엿보는 이들이 있다는 걸 깨닫는 데는 오래 걸리지 않았다. 아닌 게 아니라, 이전부터 대리점이나 직원들 사이에서 "우리 기계랑 비슷한 제품이 돌아다닌다"라는 이야기가 종종 들려오곤 했다. 처음엔 웃어넘겼다. 우리처럼 튼튼하게 만들기도 쉽지 않고, 성능을 따라오기도 힘들 거라고 생각했기 때문이었다. 그런데 실물을 보고 말문이 턱 막혔다.

겉보기엔 뭔가 더 대단한 기계인 양 포장돼 있었지만, 우리 눈에는 금세 보였다. 눈썰미 있는 사람이라면 누구라도 바로 알아챘을 것이다. 엔젤녹즙기의 모양만 흉내 낸, 이른바 '짝퉁'이라는 걸.

"이건, 그냥 우리 걸 따라 한 거잖아."

껍데기는 플라스틱으로 만들고 속은 스테인리스로 흉내 냈지만, 정작 핵심 기어는 턱없이 가느다랗고 조립도 어설펐다. 더 충격적인 건 그걸 만든 사람이었다. 그는 다름 아닌 우리 제품을 받아 팔던 대리점 사장이었다. 제품 구조와 원리는 물론, 소비자 반응까지 누구보다 잘 아는 사람이었다. 그러니 외관을 비슷하게 만들고, 내부는 저렴한 부품으로 꾸며 단가를 낮춘 다음, 슬쩍 시장에 다시 내놓은 것이다. 겉만 흉내 내도 어느 정도는 팔릴 거라고 짐작한다.

그 기계는 보기에는 그럴싸했지만, 실속은 없었다. 힘이 약하니 제대로 즙을 짜내지도 못하고, 오래 쓰면 기어가 헛도는 일이 잦았다. 자기들도 그걸 알았던지, 괜히 뭔가 '특별한 기능'이 있는 양 포장하려고 부차적인 기능을 전면에 내세우며 새로운 발명 특허를 냈다며 떠들어댔다.

그 모든 법적인 문제보다도 더 괘씸한 건 따로 있었다. 배신감이었다. 남편은 분노와 허탈에 휩싸여 며칠을 말도 없이 지냈다. 우리가 고생 끝에 시장을 열고, 제품을 알리고, 브랜드를 쌓아놓으니까, 이제 와서 슬그머니 끼어든 것이다. 차라리 아예 모르는 사람이었다면 덜 억울하지 않았을까. 그 사람이 우리 기계가 얼마나 좋은지 칭찬하며 팔았던 모습이 눈에 선했다. 시장이 커지고 이윤이 눈앞에 보이자, 인간관계도 신뢰도 다 내팽개치고 모방 제품을 만들었다는 사실이 정말 쓰라렸다.

하지만 우리에겐 흔들리지 않는 진실이 있었다.

우리가 먼저였고, 우리가 원조였다.

엔젤이 원조다

결국 우리는 싸우기로 했다. 특허청에 무효심판을 청구했고, 권리 범위를 확인해 달라며 정식으로 맞섰다. 평생 분쟁이나 송사 같은 것과는 거리가 멀게 살아온 우리였지만, 어쩔 수 없었다. 우리 기술을 우리 손으로 지켜야 했기 때문이다. 그건 단지 권리의 문제가 아니었다. 엔젤녹즙기의 존엄이 걸린 문제였고, 평생을 엔지니어로 살아온 남편의 이름과 자존심을 건 싸움이었다.

어떤 사람들은 녹즙기 기술이 다 거기서 거기 아니냐고 했다. 단언컨대 그렇지 않다. 속이 다르고, 원리가 다르고, 기계를 대하는 철학이 달랐다. 우리는 고속 회전 대신, 천천히 짜내는 기술을 선택했다. 고장은 없어야 하고, 영양은 온전히 살아 있어야 했다. 그걸 위해 남편은 설계도를 수도 없이 고치고, 밤마다 실험을 반복했다.

그런 과정 없이 흉내를 내고, 나아가 우리 기술과 제품을 교묘하게 모방하는 이들을 보며 우리는 도저히 참을 수 없었다. 싸움은 길고도 복잡했다. 심판이고 심결이고, 법적 절차도 숱하게 거쳤다. 그러나 우리에게 정말 중요했던 건 단 하나, 우리가 만든 녹즙기가 제대로 된 '진짜 녹즙기'라는 사실, 그 자부심이었다.

기나긴 공방 끝에 우리는 결국 인정받았다. 시장도 소비자도, 우리가 원조라는 사실을 알게 되었다. 그리고 우리는 다시금 확신했다.

진짜는 흉내로 만들어낼 수 없다.

다 지나고 나서야 보이는 것들

소송이 시작되고, 싸움은 3년이 넘게 이어졌다. 특허청 심판부터 민사 재판까지, 몇 번이나 법원에 불려 다녔는지 모른다. 우리가 원조임은 인정받았지만, 이제 와서 돌아보면 그 길고 지루한 시간 속에 진정한 승자는 아무도 없었다.

그 시절을 지나며 마음도 많이 상했다. 억울하고 분한 감정이 없었다면 그건 거짓말이다. 하지만 그보다 더 힘들었던 건 시간과 에너지, 마음을 송사에 쏟아부으며 버텨야 했다는 사실이다. 당시엔 생각만 해도 속이 끓었지만, 지금은 그 시기를 하나의 시련으로 받아들이게 되었다.

지금 나는 그 시간이 결국 하나님께서 우리를 단련하신 시간이었다고 믿는다. 잘나간다고 자만하지 말고, 주변을 살피며 더 겸손해지라는 뜻이었을지도 모른다. 하나님은 늘 그렇게 가르치셨다. 싸우지 말고 버텨라, 억울해도 입을 다물고 견뎌라, 시간이 지나면 드러나게 될 것이다. 그 말씀처럼 결국 우리는 다시 제품에 집중하고, 다시 소비자에 집중했다. 그리고 그 길이 옳았다는 걸 확인할 수 있었다.

소송은 끝났고, 그 시절도 지나갔다. 지금 남은 건 서로를 탓하는 마음이 아니라, 겸손해지라는 교훈이다. 그리고 늘 우리가 해왔듯 그 모든 시간도 하나님의 인도 아래 있었다는 믿음이다.

우리는 억울함을 벗었고, 그걸로 충분하다고 여겼다. 이쯤에서 끝내자고, 더는 마음 상하지 말자고 다짐하기도 했다. 이제 초심으로 돌아가 우리가 처음 꿈꾸었던 길을 다시 꺼내 펼치자고 생각했다.

하지만 그렇게 마음을 다잡아갈 무렵, 상대는 또 다른 방식으로 우리를 건드렸다. 그때는 아직 몰랐다. 쇳가루 논란이라는 더 깊고 더 지독한 싸움이 기다리고 있다는 걸.

2. 쇳가루 논란, 무너진 날들

특허 전쟁의 후폭풍 - 못 먹는 밥에 재 뿌리기

우리는 특허 소송에서 이겼다. 말 그대로 정당한 싸움이었고, 당연한 결과였다. 하지만 문제는 그다음이었다.

특허권이 우리에게 있었으니 패소한 쪽은 기계 한 대를 팔 때마다 우리에게 특허료를 지급해야 했다. 건건이 돈을 물어야 하니, 속이 뒤집혔을 만도 하다. 돈도 아깝고 자존심도 상했을 것이다. 그래도 상도의를 지키는 사업자라면 판결에 승복하고 그에 맞게 행동해야 했다. 그게 정석이고 최소한의 예의일 터인데, 그만한 그릇은 아니었던 모양이다. 결국 칼끝은 전혀 엉뚱한 방향을 향했다. '어차피 못 먹는 밥이라면 재나 뿌리자'라는 식이었다.

1994년 6월, 사건이 터졌다. KBS 저녁 뉴스 시간대에 '쇳가루냐, 돌가루냐'라는 자극적인 제목의 방송이 나갔다. 처음 하루만 해도 충분히 충격적이었는데, 이 내용으로 무려 4일 연속으로 방송되었다. 국민 대부분이 TV 앞에 앉아 뉴스를 보던 시절, 그 파급력은 이루 말할 수 없었다.

보도의 핵심은 '녹즙기 사용 시 즙에 쇳가루가 섞여 나올 수 있다'는 의혹이었다. 그런데 실험 방식이 문제였다. 방송에서는 기계 안에 아무 재료도 넣지 않은 채 공회전을 시켰다. 스테인리스 기어끼리 부딪칠 때 물을 조금씩 부어 아래로 떨어지는 물을 검사했더니 미세한 가루가 나왔고, 그걸 두고 '쇳가루가 섞인 물'이라고 몰아세웠다.

어이없는 일이었다. 사용 설명서에는 분명히 채소나 과일을 넣고 사용하라고 명시되어 있다. 재료 없이 기계를 돌리면 기어끼리 마찰이 생기는 건 당연한 일이다. 더욱 화가 나는 건 언론의 자극적인 표현이었다. 설사 미세한 가루가 나왔다 하더라도 그것은 스테인리스 가루이지 일반적인 쇳가루는 아니다. 하지만 언론은 이를 '쇳가루'라고 자극적으로 표현하여 유해한 철가루가 나온다고 오해하게 만들었다. 자극적인 표현으로 소비자를 우롱하고, 진실을 왜곡한 것이다.

철가루는 인체에 들어가면 녹이 슬어 독성을 일으킬 수 있지만, 스테인리스는 설령 인체에 들어간다 하더라도 녹슬지 않아 독성을 유발하지 않고 변을 통해 자연스럽게 배출된다. 이런 과학적 사실은 무시한 채, 일반적인 사용 방식과 전혀 다르게 실험하고 그 결과를 기정사실처럼 몰아간 것이다. 미리 결과를 정해 놓고, 그 결과가 나오도록 실험을 한 셈이다.

지금 생각해도 치가 떨린다. 기술을 빼앗으려다 실패하자 아예 우리를 시장에서 없애버리려 작정하고 달려든 일이었다.

언론 보도의 민낯

방송은 단순한 보도가 아니었다.

명백히 짜인 각본이었고, 정확히 겨냥한 폭격이었다.

우리는 당시 업계 최고 브랜드였다. 엔젤녹즙기는 녹즙기의 대명사처럼 통했고, 우리가 자랑스럽게 내세웠던 스테인리스 이중기어는 경쟁사들과 차별되는 핵심 기술이자 광고의 주된 문구였다. 그러니 그 방송은 누가 봐도 우리를 정조준한 것이었다.

당시 특종을 노리던 한 기자에게 적잖은 금액이 흘러 들어갔다는 이야기가 업계에 공공연하게 퍼졌다. 정확히는 알 수 없지만, 그 보도 이후 우리가 겪은 피해를 생각하면 결코 적은 돈은 아니었을 것이다. 특허료를 물게 되자 아예 시장에서 우리를 없애려고 작정하고 기획한 음해였고, 그 시나리오를 방송이 완성해 준 셈이다.

기자가 몰랐을 리 없다. 모르고 했다면 무능이고, 알고도 그랬다면 악의다. 나는 지금도 후자라고 생각한다. 패소한 측이 억하심정에 그런 시도를 한다 하더라도, 어떻게 기자라는 사람이 공영방송의 힘을 등에 업고 한 기업을 벼랑 끝으로 몰아세웠는지 지금도 이해하기 어렵다.

우리는 방송 한 번으로 바닥까지 추락했는데 방송국은 사과 방송 한번 없고, 기자는 그 보도를 발판 삼아 커리어를 쌓았다. 자신은 아무 책임도 지지 않고 커리어를 쌓아 올리더니 정치권에까지 입성했다. 그 행태가 참으로 개탄스럽다. 조작된 보도를 '특종'이라며 신나게 떠들어대던 그 기자, 나는 아직도 그 이름을 잊지 못한다.

가장 참담했던 건, 시청자들이 그 보도를 곧이곧대로 믿었다는 점이었다. 방송 직후부터 환불 요청이 빗발쳤다. 대리점은 항의 전화로 마비됐고 발주한 물건을 결제하지 않겠다는 곳들이 줄을 이었다. 우리는 해명할 기회도, 반론 보도를 요청할 힘도 없었다. 뉴스가 내린 낙인은 생각보다 훨씬 깊고 무거웠다.

"단 한 번의 방송이 사람을 무너뜨릴 수 있는가?"

이 질문에 대한 나의 대답은, "그렇다"이다. 진실은 늘 한발 늦고, 방송은 먼저 때리고 본다. 그리고 그 여파는 시간이 지나도 쉽게 사라지지 않는다.

상처는 남고, 책임지는 이는 없다.

0원이 된 매출, 무너진 신뢰

매출이 '0원'이 되었다. 정말, 딱 그렇게 되었다.

뉴스가 나간 다음 주부터 하루하루가 무너져 내리는 기분이었다. 소비자들을 탓할 수는 없었다. 모두가 '건강'을 바라며 믿고 사는 기계였고, 보도에서는 심각한 결함이 입증된 것처럼 단정적으로 말했으니 충분히 그럴 법한 반응이었다. 소비자들은 공포에 휩싸였고, 거래처는 두 손을 들었다.

두 달이 지나자, 어음을 막을 길이 사라졌다. 돈이 들어와야 결제하고 공장을 돌릴 텐데, 하루 종일 들어오는 거라곤 항의 전화뿐이었다. 제품에 문제가 없다는 걸 누구보다 잘 알고 있었지만, 억울하다고 말할 기회조차 없었다. 진실은 천천히 다가오지만, 자금 압박은 순식간에 들이닥쳤다.

우리는 상공부에 재실험을 의뢰했다. 망할 때 망하더라도 실추된 명예만큼은 회복하고 싶었다. 그것마저 없다면 남편이든 나든 존재 자체가 무너져 내릴 것 같았다. 얼마 후, 기계 본래의 사용법대로 채소와 과일을 넣고 작동한 결과, '무해하다'라는 판정을 받았다.

하지만 이미 늦었다. 매출은 바닥났고, 400여 명의 직원과 150개가 넘는 납품업체는 두 달 가까이 밤잠을 설칠 수밖에 없었다. 10여 명으로 시작해 400명까지 키운 회사였고, 연 매출 500억

원을 돌파한 바로 그 해였다. 단 한 번의 보도에 모든 것이 무너졌다.

이어진 소비자원 실험, 상공부 재판정, 모 대학 연구소 실험 결과까지 모두 '무해'라는 결론이 났다. 하지만 그 결과는 방송만큼 요란하지도, 빠르지도 않았다. 소비자들은 보도에는 귀를 기울였지만, 정작 정정 보도나 해명에는 무관심했다. 진실을 알려는 이들은 없었고, 남은 건 의심과 회피뿐이었다.

우리는 반론 보도를 요청할 기운도, 적극적으로 해명할 여유도 없었다. 가진 건 오직 제품뿐이었는데, 정작 그 하나를 지켜내는 데 실패하고 말았다.

진실은 시간이 증명한다

10여 년 뒤, 배우 김영애 씨가 우리와 비슷한 일을 겪는 걸 보았다. 황토팩을 제조, 판매하던 그녀의 회사가 한 방송의 '중금속 검출 의혹 보도'로 하루아침에 유통망이 전부 끊어져 버린 것이다. 뒤늦게 밝혀진 바에 따르면 문제 삼은 성분은 인체에 무해한 자철석이었다. 하지만 이미 돌이킬 수 없는 피해가 벌어진 뒤였다. 그녀는 그 사건 이후 건강을 잃고 병마와 싸우다 결국 세상을 떠났다. 그 기사를 읽으며 나는 우리 일을 떠올리지 않을 수 없었다.

무고한 사람과 기업을 무너뜨리는 데 방송은 얼마나 손쉬운 수단인가. 한순간의 의혹 제기만으로 평생 쌓아온 신뢰가 무너지고, 진실이 밝혀져도 그 책임을 지는 이는 아무도 없다. 오직 피해자만 남아 깊은 상처와 후유증을 안고 살아가야 했다. 나 역시 그 시절을 떠올리면 지금도 가슴 한구석이 서늘해진다. 믿음을 지키려 애썼던 시간만큼 상처도 깊게 새겨졌다.

세월이 흐르며 하나 분명해진 사실이 있다. 우리 제품을 모방하고 쇳가루 논란을 조작했던 그 업체의 사장은 이제 흔적조차 찾을 수 없었다. 언제, 어떻게 사라졌는지도 모르게 시장에서 완전히 자취를 감았다. 결국 진실은 시간이 증명해주는 법이다. 정직한 실력이 아닌 비겁한 술수와 거짓으로 버티려 했던 자들의 끝은 언제나 똑같았다.

하늘은 스스로 돕는 자를 돕는다. 남을 해치며 사는 자에게는 결코 밝은 미래가 허락되지 않는다. 바로 그 믿음이 있었기에 나는 쓰라린 세월 속에서도 무너지지 않고 다시 일어설 수 있었다.

부도, 한국이 싫어졌다

설명은 안 믿고, 의혹은 끝없이 부풀었고, 우리는 발 디딜 곳이 사라진 기분이었다. 그때는 정말, 아무 말도 할 수 없었다. 억울하다고 소리칠 힘도, 해명할 방법도 없었다. 분통이 터지기도 했다가 평평 울고 싶기도 했다가, 하루에도 수십 번씩 감정이 요동쳤다. 그렇다고 내 감정을 있는 그대로 쏟아낼 수도 없었다. 우리를 지켜보는 눈이 너무 많았다.

직원들은 불안한 눈빛으로 나를 바라봤고, 가족들 역시 "괜찮다"라는 말조차 조심스러워하며 눈치를 봤다. 우리 부부가 무너질 줄 알았기에 감정은 끝끝내 삼켜야 했다.

우리는 단순한 부진이 아니라, 시장으로부터 퇴출당할 위기에 놓였다. 우리를 믿고 거래하던 대리점도, 수년간 함께했던 납품업체도 하나둘씩 등을 돌렸다. 어음을 막기 위해 이리저리 뛰어다니며 두 달 반을 버텼다. 어떻게든 회복의 기회를 만들고 싶었지만, 끝내 막지 못했다. 공장 문을 닫고, 직원들에게 고개를 숙였다. 그 자리에서 "버텨보자"라는 말조차 꺼낼 수 없었다. 믿음을 줄 자신이 없었다.

밖에서는 꿋꿋한 척, 괜찮은 척 버티던 남편도 결국 무너졌다. 사람들 앞에서는 늘 침착한 얼굴로 앉아 있었지만, 문을 닫고 나와 둘만 남으면 손까지 떨며 화를 냈다. 분을 삭이지 못해 소리를 지르고, 울분에 찬 얼굴로 벽을 치던 날도 있었다. 마치 모든 걸 자기 책임으로 여기는 사람처럼 그는 나에게조차 감정을 숨기지 못했다. 내가 가장 아끼는 사람이 그렇게 무너지는 걸 보는 것도 그 무엇보다 아팠다.

부도 이후, 인간으로서 감당할 수 있는 치욕은 이미 넘었다. 돌이켜보면 오래전 낙동강 하천가의 판잣집에 살 때보다 이 시절이 훨씬 더 치욕적이었다. 그때는 가난했지만, 부끄럽지는 않았다. 계속 이렇지는 않으리라는 희망이 있었다. 그런데 이때는 모든 걸 이뤘다고 믿은 순간에 바닥으로 떨어졌기에 참을 수 없었다.

나는 마침내 깨달았다. 성공에는 이면이 있었다. 거기엔 질투도 있고, 음해도 있고, 때로는 설명조차 통하지 않는 억울함도 있다. 성공은 언제나 방심한 틈에 깨졌다. 우린 그걸 너무 늦게 알았다. 그리고 더 이상, 아무것도 생각나지 않았다. 다시 시작하겠다는 말조차 떠오르지 않았다. 그때 우리에겐 희망이란 것이 아예 없었다.

무엇부터 다시 손대야 할지도 감이 없었다. 그래서 한국을 포기했다. 진짜로 다 내려놓고 떠났다. 회사도, 집도, 체면도, 인간관계도.

이젠 그저 조용히 사라지고 싶다는 생각밖에 남지 않았다.

벼랑 끝, 돌아보지 않고 떠나다

결국, 미국으로 건너갔다.

더는 한국에서 뭘 어떻게 해볼 수 있는 마음이 남아 있지 않았다.

당시 우리 아이들이 미국에서 학교를 다니고 있었고, 미국 시민 권자인 언니의 초청으로 우리도 영주권을 받아 둔 상태였다. 덕분에 이민은 생각보다 빨리 결정되었다. 사람들은 흔히 미국 이민을 낭만처럼 이야기한다. 자녀 교육, 더 나은 삶, 새로운 기회의 땅……, 하지만 우리에게 이민은 그런 게 아니었다. 이민이 아니라 탈출이었고, 선택이 아니라 벼랑 끝에서의 반응이었다. 그때 우리에겐 오직 하나의 이유뿐이었다.

한국이 싫어서.

비행기 표를 끊고, 짐을 싸고, 공항으로 향하는 동안 내내 기계처럼 움직였다. 속도는 있었지만 방향은 없었다. '가면 뭐라도 다르겠지'라는 막연한 기대가 마음 한구석에 남아 있었지만, 그조차도 믿음이라기보다는 이 선택이 틀리지 않았다고 스스로를 설득하기 위한 자기 위안에 가까웠다.

출국장 앞에서 짐을 올려놓고도 한참을 멍하니 서 있었다. 긴 싸움 끝에 지고 돌아서는 사람처럼, 허망했고 아팠다.

'이게 다 무슨 일이었을까…….'

어깨를 짓누르는 슬픔을 애써 감추며 탑승구를 지나는데 참아왔던 눈물이 조용히 흘렀다. 누구에게도 들키고 싶지 않은 눈물이었다.

다시 시작하지 못한 곳

캘리포니아 어바인, 그곳에 우리를 기다리는 삶은 없었다. 도착한 날부터 그저 멍했다. 언어도, 문화도, 일도, 사람도 낯설기만 했다. 가장 크게 낯설었던 건, 우리가 아무것도 아니라는 사실이었다.

한국에서는 아무리 힘들어도 '사업하는 사람'이라는 명함이 있었다. 직원이 있었고, 사무실이 있었고, 사람들의 시선이 있었다. 그런데 여기서는 그 모든 것이 아무 의미 없었다. '망해서 온 사람'에게 허락된 자리는 그리 많지 않았다.

처음엔 뭘 해야 할지조차 막막했다. 점포를 내 볼까도 했지만, 가진 돈이 넉넉지 않았다. 한 푼이라도 함부로 일을 벌일 형편이 아니었다. 미국에서 장사를 하려면 언어도, 시스템도, 시장도 하나부터 열까지 새로 익혀야 했다. 그걸 처음부터 다시 해낸다는 것은 말처럼 쉬운 일이 아니었다.

주위를 둘러보니 선택지는 늘 비슷했다. 치기공을 배우든지, 잔디를 깎든지, 건설현장에서 일하든지. 한국에서 회사를 운영하던 사람이 그곳에선 자격증도, 기술도, 신뢰도 없으니 그저 몸뚱이 하나로 다시 시작해야 했다.

자존감은 바닥을 쳤다. 남편은 조용했다. 말수가 줄고, 고개가 자주 숙여졌고, 한숨이 길어졌다. 조용하던 사람이 더 과묵해지고, 앞에 나서는 것이 익숙한 사람이 뒷자리에만 머물렀다. 우리는 서로 애써 아무렇지 않은 척했다. 아이들 앞에서는 더 괜찮은 척 했고, 그 앞에서 무너지지 않으려고 노력했다. 하지만 서로의 눈빛만 봐도 그 지친 마음을 알 수 있었다. 때로는 아무 말 없이 손끝만 닿아도 그 마음이 고스란히 전해졌다. 어느 날은 스스로에 게 물었다.

'내가 지금, 뭘 하고 있는 걸까?'

아무리 생각해 봐도 그 물음에 뾰족한 답이 없었다. 하지만 어쩌겠는가? 아이들은 학교를 다니고 있었고, 우리는 아이들을 먹여 살려야 할 책임이 있었다. 그러니 하고 싶은 일을 따질 처지는 아니었다. 그게 이민의 현실이었다. 누구도 물어와 주지 않았고, 배운 것 하나, 해온 일 하나 제자리에서 통하는 것이 없었다. 그곳에서 우리는 다시 시작할 엄두조차 내지 못한 채, 그저 버티는 삶을 선택할 수밖에 없었다.

5장

재기의 시간:
무너져도 다시 일어서는 마음

기적은 한 번으로 끝나지 않았다. 사하라 온천에서 일어난 일은 단지 '치유'가 아니라, 다시 시작하라는 부름이었다. 우리는 또다시 처음으로 돌아왔다. 처음처럼 낯설고, 처음보다 더 막막했다. 가진 건 거의 없었고, 확신도 온전하지 않았다. 하지만 사명이 있었고, 지켜야 할 이름이 있었다. 그걸 붙들고 버텼다.

손으로 조립하고, 발로 뛰고, 때로는 참으며, 때로는 울면서. 재기는 눈에 띄지 않는 시행착오와 견디는 시간 속에서 천천히 빚어지고 있었다. 그렇게 우리는, 다시 시작할 수 있었다.

실의 속에서 다시 만난 사명

1995년, 모든 걸 내려놓고 미국 땅을 밟았다. 낯선 땅, 낯선 사람들, 거기에서는 아무도 우리를 몰랐다. 그저 한국에서 사업에 실패한 뒤 생계를 이어가려 건너온, 어디서나 흔히 볼 수 있는 이민자 부부쯤으로 보였을 것이다. 그렇게 조용히, 아무도 주목하지 않는 곳에서 살 생각이었다. 다 내려놓아도 하나님만큼은 놓을 수 없었기에 교회에 나갔다. 예배를 마치고 인사를 나누던 어느 날, 목사님이 조용히 말했다.

"그 엔젤녹즙기 하시던 분 맞죠?"

누군가 기억해 준다는 것, 그 한마디가 묘하게 마음을 흔들었다. 목사님은 저녁 예배에 교인들이 적다며 빈 시간을 살리고 참여율도 높일 겸 건강 세미나를 열어보면 어떻겠냐고 제안했다.

나도, 남편도 선뜻하겠다는 말이 나오지 않았다. 실패해서 떠밀리듯 온 처지에 뭘 또 사람들 앞에 나서서 강의까지 하겠는가. 좋은 일로 온 것도 아닌데, 괜히 주목받고 싶지 않았다. 그런데 목사님의 말씀이 자꾸 마음에 남았다.

"건강에 대해 그렇게 잘 아시는 분이 그냥 계시긴 아깝다. 때로는 아는 걸 나누는 것도 다 하나님께서 맡기신 일이에요."

사실 남편은 단순히 기계만 만드는 엔지니어가 아니었다. 더 나은 기계를 개발하기 위해 영양학과 생리학은 물론, 천연 요법까지 스스로 공부하며 끊임없이 실험해 온 사람이었다. 어지간한 건강 전문가보다도 해박한 지식을 갖추고 있었고, 무엇보다 사람을 살리고 싶다는 간절한 마음이 있었다. 누가 강요해서가 아니라 순수한 열정에서 배운 지식이었다. 한국에서는 훨씬 전부터 회사 업무를 마치고 나면 시간을 쪼개어 주변에서 소개받은 환자들을 직접 찾아가 대가 없이 몇 시간씩 상담을 해주곤 했다. 그렇게 돌본 사람들 중에 병세가 호전되고 건강을 되찾는 이들이 늘어나면서 자연스럽게 더 많은 사람이 그를 찾아오기 시작했다.

그런 남편이 사업 실패 후로는 한동안 입을 닫고 자신감을 잃은 듯 보였다. 강단에 서보라는 목사님의 제안이 그가 오랜만에 마음을 일으킬 수 있는 계기가 되지 않을까 싶었다. 어쩌면 다시 '자신이 할 수 있는 일'을 떠올리게 해줄지도 모른다는 생각이 들었다.

처음엔 단출했다. 청중은 교인 몇 명과 그 가족들, 열 명 남짓이었다. 강의라기보다는 그저 우리가 살아오면서 터득한 건강의 원리,

먹는 것의 중요성, 녹즙 한 잔에 담긴 효능과 경험을 나누는 자리였다. 도란도란 편하게 이야기하는 분위기 속에서 부담 없이 시작했는데 이상하게도 매주 사람이 조금씩 늘어났다.

얼마 지나지 않아 우리 교인뿐 아니라, 종파가 다른 이웃 교회 사람들도 오기 시작했다. 스님도 오고, 천주교 신자도 찾아왔다. 어느 날은 낮 예배보다 저녁에 더 많은 사람이 모이기도 했다.

석 달쯤 지나자, 예배당은 건강 세미나를 듣는 사람들로 가득 찼다. 그저 우리가 살아오며 겪고, 깨닫고, 믿게 된 것들을 솔직하게 나누었을 뿐인데 사람들은 그 안에서 무언가를 얻어갔다. 그때 처음으로 마음속에서 이런 생각이 들었다.

'아, 아직 우리가 할 수 있는 일이 남아 있구나.'

사하라 온천 치유, 첫 번째 기적

세미나가 거듭될수록 반응은 더 뜨거워졌다. 그저 듣고만 가던 사람들이 "직접 체험해 보고 싶다"라며 찾아오기 시작했다. 이론적으로만 듣는 천연 치유법을 경험하고자 하는 분들이 많아지자, 목사님이 조심스레 말씀하셨다.

"실제로 한번 해보면 어떨까요?"

회복 프로그램을 직접 실행해 보자는 제안이었다. 강단을 넘어 회복 프로그램을 운영하여 실제 회복의 가능성을 눈으로 확인해

보자는 의미였다.

첫 번째 환자는 여든을 바라보는 여성이었다. 손가락 마디마다 석회가 들러붙어 올챙이 배처럼 울룩불룩 부풀어 있었고, 발가락에도 혹처럼 튀어나온 덩어리가 자리 잡고 있었다. 그 바람에 손을 제대로 쥐지 못했고, 발은 디디는 것조차 힘들어 휠체어에 의지해 다녀야 했다. 병원에서도 방법이 없다는 말만 들었다고 했다. 지푸라기라도 잡는 심정으로 찾아온 분이었다.

이런 '석회질 혹'은 흔히 나이 들면서 뼈와 관절 주변에 쌓이는 '죽은 칼슘' 때문에 생긴다. 잘못된 식습관, 노화, 혈액순환 저하 등으로 체내에 고여 있던 죽은 칼슘이 응고되어 뼈마디를 굳히고 신경을 압박하는 것이다. 손가락이 휘고, 발가락이 붓고, 조금만 움직여도 극심한 통증이 따른다.

그분은 이화여대 약학과 출신으로 한국에서 약사로도 일했다. 누구보다 의약에 밝았던 분이었지만, 결국 사람이 만든 약의 한계 앞에서 속수무책으로 고통을 감내하던 중이었다.

우리는 캘리포니아 팜스프링 사하라 온천 안 모텔에 방 한 칸을 얻어 그분과 함께 생활했다. 식사는 전면 금지하고, 아침저녁으로 온천물에 들어가게 하여 혈액순환을 도왔으며, 1시간 간격으로 녹즙과 과일즙만 드시게 했다. 매일 저녁에는 따뜻한 물에 희석한 레몬액으로 관장을 하여 장 속 숙변과 독소를 배출하는 과정도 병행했다.

남편과 목사님은 매일 1시간 반 거리를 오가며 강의와 지도를 맡았고, 교회 수석 집사님이 즙을 짜고 간호를 도왔다. 한시도 허투루 보낼 수 없다는 마음으로 정성을 다했다.

그렇게 열흘이 지났을 무렵, 놀라운 변화가 일어났다. 손가락 마디의 혹이 눈에 띄게 줄어든 것이다. 볼록하던 마디가 거짓말처럼 절반 가까이 작아졌고, 발가락의 석회도 부드럽게 가라앉아 있었다. 2주째 되던 날, 환자가 휠체어에서 스스로 일어났다. 다들 숨을 죽였고, 그분이 두 발로 몇 걸음을 내디디는 순간, 함께 있던 모든 사람이 탄성을 내질렀다. 휠체어를 타고 왔던 환자가 두 발로 걸어 나가는 모습을 본 교인들은 하나같이 충격과 감동에 빠져 있었다. 자신이 아는 환자들을 데려오겠다고 나서는 사람들이 줄을 이었다. 그렇게 '사하라 온천 치유 프로그램'은 입소문을 타고 본격적으로 이어지게 되었다.

울음바다가 된 아침

환자들이 줄을 잇기 시작했다. 그중에는 눈에 띄는 병을 가진 사람도, 병원에서 손을 놓은 사람도, 단지 한 줄기 희망이라도 붙잡고 싶은 사람도 있었다. 그중 한 분이 아직도 생생하게 기억난 다. 쉰 살도 되지 않은 젊은 백납병 환자였다.

처음 뵈었을 때, 그분은 하얗게 탈색된 부분들이 얼굴 전체에 퍼져 있었다. 눈썹까지 희게 바래 있었고, 눈동자도 흐릿해져 제대로 초점을 맞추지 못했다. 말수가 거의 없고, 표정도 없었다. 그저 고요히 앉아 있는 모습이 너무 안쓰러웠다.

우리는 첫 환자 때와 마찬가지로 온천욕과 녹즙 단식, 관장을 병행하는 치유 프로그램을 적용했다. 하루하루가 조심스러웠고, 솔직히 기대 반, 불안 반이었다. 눈이 흐릿한 데다 시력까지 점점 흐려진다고 하니 마음이 더 조급해졌다.

열흘째 아침, 잠에서 막 깨어난 환자가 거울을 들여다보더니 조용히 중얼거렸다.

"눈썹이……, 까매졌어요."

처음에는 잘못 들은 줄 알았다. 다들 얼떨결에 그를 바라보았고, 곧바로 거울을 돌려받아 확인했다. 정말로 눈썹이 까매져 있었다. 어제까지만 해도 눈처럼 하얗던 눈썹에 검은색이 다시 스며들고 있었다. 혈색 없는 얼굴에도 희미한 불그스름한 기운이 돌았다. 그분은 손으로 눈썹을 더듬다가 두 손으로 얼굴을 감싸고 울음을 터트렸다. 주변에 있던 우리도 다 함께 울었다. 그날 아침, 교육장은 말 그대로 울음바다가 되었다.

사실 백납병은 뚜렷한 치료법이 없는 병으로 알려져 있다. 피부가 하얗게 변하고 시력까지 잃는 경우도 드물지 않다. 그런데 열흘 만에 눈에 띄는 변화가 나타났다는 건 우리에게도 큰 충격이었다. 무엇보다 놀라웠던 건 이 모든 변화가 단순한 위로가 아니라 실제로 몸에서 일어나는 생생한 회복이었다는 점이다.

"피가 도니까 그래요."

남편이 말했다. 정말 그랬다. 멈춰 있던 피가 돌고, 생기가 돌자, 사람이 달라지기 시작했다. 그건 눈으로도, 피부로도, 그리고 마음으로도 느낄 수 있는 변화였다.

환자들이 몸을 회복하고, 표정이 바뀌고, 걸음걸이가 달라질 때마다 나와 남편은 벅차서 말문이 막혔다. 천연 치유의 힘은 믿고 있었지만, 눈앞에서 사람이 달라지는 모습을 볼 때마다 가슴 깊은 곳에서 울컥하는 무언가가 치밀어 올랐다. 어느 순간부터 환자들은 더 이상 '환자'로 보이지 않았다. 그들은 치유의 주인공이었고, 우리의 확신을 지켜주는 증인이었다.

우리가 한 것은 단순히 건강을 설명하는 세미나가 아니었다. 그건 분명히 사람을 살리는 일이었다. 누군가의 몸과 마음, 그리고 삶을 근본부터 바꿔놓는 일이었다. 그 감격의 순간들은 우리가 왜 이 일을 계속해야 하는지를 알려주는 대답이었다. 그리고 그 대답은 앞으로 우리가 가야 할 방향을 뚜렷하게 비춰주고 있었다.

한계, 그리고 결심

매달 새로운 환자들이 찾아왔다. 첫 기적이 입소문을 타자, 교인들

뿐 아니라 주위 사람들까지 서로 아는 이들을 데려왔다. 당뇨, 고혈압, 파킨슨, 피부 질환……, 병명도 사연도 제각각이었다.

모두 마지막 희망을 붙잡고 오는 사람들이었다. 그 모습을 보면 아무리 힘들어도 거절할 수가 없었다. 그들은 회복을 경험했고, "살 것 같다"라는 말을 남기며 웃으면서 떠났다. 그 뒷모습을 볼 때마다 더 열심히 해야겠다는 다짐이 절로 나왔다.

하지만 그 다짐은 시간이 흐를수록 점점 무거운 짐이 되어갔다. 받아들이지 않으면 마음에 걸렸고, 받아들이면 체력과 시간이 감당되지 않았다. 좋아서 시작한 일이었지만, 시간이 갈수록 몸과 마음이 모두 지쳐갔다.

매일 새벽 6시 반부터 밤 8시 반까지 녹즙을 짰다. 대용량 기계가 없어 작은 가정용 녹즙기를 하루 종일 돌려야 했다. 나는 환자들의 온천욕과 관장을 돕고, 과일과 채소를 씻고, 즙을 나눠주고, 설거지까지 도맡았다. 그러다 어느 날, 허리를 제대로 펼 수 없을 만큼 통증이 몰려왔다. 디스크가 터질 듯한 고통에 결국 주저앉아 울음을 터뜨렸다. 목사님이 교인들을 설득해 교대하게 해주었고, 그제야 겨우 숨을 돌릴 수 있었다.

몸은 겨우 견뎌냈지만, 마음속에는 점점 더 큰 질문이 피어올랐다. '이 일을 언제까지 봉사로만 할 수 있을까?' 의료인이 아닌 우리는 돈을 받을 수 없었다. 단지 경험으로 얻은 방법을 나누고, 가능한 선에서 돕는 것뿐이었다. 환자들은 방값과 재료비를 교회에 냈고, 우리는 수고비 한 푼 받지 않았다. 그야말로 순수한 자원봉사였다. 좋은 뜻으로 시작했지만, 시간이 지나자 생활은 점점 무너졌다. 아이들 교육비는 물론, 당장 장을 볼 돈조차 빠듯해졌다.

　그만두고 싶을 때도 있었다. 솔직히 너무 벅찼다. 하지만 그만둘 수는 없었다. 눈앞에서 사람이 달라지는 걸 봤기 때문이다. 휠체어를 타고 온 이가 걸어 나가고, 시력이 흐려지던 이가 다시 밝은 세상을 보기 시작했다. 기적을 본 사람이 그 기적을 모르는 체할 수는 없었다.

　나는 그것을 '사하라 온천의 기적'이라 부른다. 그건 누가 전해들은 풍문 같은 것이 아니었다. 직접 보고, 손으로 만지고, 가슴으로 느낀 변화였다. 살아가는 게 기적이 아니라, 살아나는 게 기적이라는 걸 처음 실감한 순간이었다.

　하지만 그 기적을 계속 이어가기에는 한계가 너무 분명했다. 아무리 마음을 다해 돌봐도, 무턱대고 환자를 받아들이는 방식으로는 감당이 되지 않았다. 우리는 점점 지쳐갔고, 한계를 넘어서려면 방식이 달라져야 했다.

　나는 다시 한번 결단했다.

　그때 그 기적을 만든 손끝에서, 또 하나의 새로운 시작이 움트고 있었다.

2. 다시 시작, 새로운 기적을 위하여

사명으로의 귀환

1996년 여름, 나는 다시 한국 땅을 밟았다. 그리웠던 고국이었지만, 돌아온 마음은 편치 않았다. 일부는 우리 부부를 두고 '부도내고 도망간 사람들'이라 수군거렸다.

그곳에서 우리는 관절염, 당뇨, 고혈압으로 고통받는 환자들을 위해 과일즙과 녹즙을 짜서 전했다. 그것은 단순한 자원봉사 활동이 아니었다. 그 1년의 시간은 우리 자신에게도 꼭 필요한 시간이었다. 사업의 정점에서 놓쳐버렸던 본래의 마음을 다시 붙드는 시간, 실패와 상처 속에서 우리를 단련시키는 속죄이자 수행 같은 시간이었다. 자만했던 과거를 돌아보고, 정말 중요한 것이 무엇인지 다시 배우는 과정이기도 했다.

그 기적 같은 회복의 장면들을 옆에서 지켜보며 나는 마음속으로 결심했다. 이 일을 다시 해야 한다. 더 제대로, 더 멀리 가야 한다. 그저 마음과 손으로 돕는 데 그쳐서는 안 됐다. 우리가 본 그 놀라운 변화, 그 치유의 가능성을 더 많은 사람에게 전하려면 더 나은 도구, 더 많은 사람을 위한 기계가 필요했다.

'이건 우리 삶을 걸고 다시 해야 할 일이다. 사람을 살리는 기계를 만들어야 한다.'

남편은 현지 환자들을 돌보는 일을 마무리하겠다고 했고, 나는 먼저 한국으로 돌아가 사업을 다시 시작하기로 했다. 이번에는 누구도 못 알아볼 만큼 단단하게 준비해야 했다. 자선이 아니라 사명으로, 봉사가 아니라 사람을 살리는 기술로.

외부의 시선이 어떻든, 내겐 분명한 이유가 있었다. 이건 나의 확신이었다. 그리고 무엇보다, 하나님의 인도였다.

이름을 되찾기 위하여

본격적으로 다시 사업을 하려면 먼저 정리해야 할 것들이 있었다. 그중에서도 가장 시급한 건, 과거 법인의 명의로 등록되어 있던 특허와 상표권이었다.

부도 처리된 회사 이름 아래 그대로 남아 있던 그 권리들은 언제 어떤 채권자에 의해 압류될지 모르는 시한폭탄 같은 존재였다. 특허청에 문의해 보니 단순히 '이전하겠다'라고 해서는 안 되고, 먼저 신문에 공고를 내고 이의가 제기되지 않아야만 이전이 가능하다는 답이 돌아왔다.

나는 바로 실행에 들어갔지만, 마음은 편치 않았다. 혹시라도 그 기사를 누가 보고, 어디선가 또 무슨 말이 나오진 않을까. 그 짧은 며칠이 그렇게 길게 느껴질 줄은 몰랐다.

　며칠 뒤, 다행히 이의 없음을 확인받고, 우리는 특허와 상표를 가족 명의로 안전하게 이전할 수 있었다. 지금 생각해 보면 그게 다시 일어서기 위한 가장 작고, 가장 큰 첫걸음이었다. 이름은 잠시 옮겨졌지만, 그 뜻과 권리는 여전히 우리가 지켜낸 것이었다.

　하지만 그것만으로는 끝이 아니었다. 우리가 오랫동안 애써 키운 이름인 '엔젤녹즙기', 그 이름엔 이미 압류가 걸려 있었다. 과거 공장을 인수하면서 은행에서 대출을 받은 적 있었다. 부도 후, 원금은 회수되었으나 이자 일부가 남아 있다는 이유로 은행이 2억 원 규모의 압류를 우리 상표에 걸어둔 것이다.

　'엔젤'이라는 이름은 단순한 상표가 아니었다. 우리의 땀과 시간, 믿음이 담긴 이름이었다. 그걸 되찾지 못하면 단지 제품이 아니라 우리 자신을 부정당하는 것 같은 기분이었다. 나는 마음속으로 다짐했다.

　이름을 반드시 되찾겠다. 그리고 그 이름에, 다시 생명을 불어넣겠다고.

몸으로 때우는 수밖에

모든 법적 정리는 마쳤지만, 여전히 가장 큰 문제는 돈이었다. 남편이 미국에서 10개월에 걸친 건강 세미나와 천연 치유 봉사를 마무리하고 귀국했을 무렵, 우리 손에 남은 건 집 한 채를 정리해서 만든 약간의 자금뿐이었다. 그것마저도 우리는 모두 이 일에 걸기로 마음먹은 상태였다.

우리는 다시 처음으로 움직였다. 공장 자리를 알아보고 중고 설비를 찾아다녔다. 필요한 부품은 중고 시장이나 철물점에서 직접 골랐고, 제품 조립도 하나하나 손으로 해나갔다. 어깨가 뻐근하고 손목이 욱신거려도 멈출 수 없었다. 가진 것이 없는 사람은 몸으로 때우는 수밖에 없으니까.

그때가 1997년, 바로 그해 3월에 우리는 새롭게 '(주)엔젤'이라는 이름으로 법인을 다시 세웠다. 겉보기엔 그저 법인 하나 설립한 걸로 보였겠지만, 우리에겐 이름 하나 다시 붙이는 것조차도 전쟁이었다.

기술적인 방향도 바꿔야 했다. 과거보다 더 좋은 기계를 만들어야 했다. 남편은 매일 도면을 들여다보며 압착 방식의 개선, 기계 구조의 내구성 강화를 고민했다.

우리가 추구하는 바는 하나였다. 사람을 살리는 기계는 반드시 필요하다는 것, 그리고 그 기계를 만들어야 할 사람은 바로 우리라는 것 말이다.

그렇게 다시 시작했다. 천천히, 그러나 분명하게.

다시, 맨몸으로.

배추 살 돈도 없던 날들

미국에서 돌아온 후, 가진 돈은 전부 회사에 넣다 보니 생활이 쉽지 않았다. 아들 가족까지 어른 넷에 아이 하나가 넓지 않은 집에서 지내며 입에 겨우 풀칠만 했다. 제대로 된 반찬은커녕 김치조차 사치였다. 배추는 너무 비쌌고, 대신 시장에서 시래기용으로 버려진 배추 겉잎과 무청을 주워 왔다. 그걸 깨끗이 씻고 잘게 잘라 대충 김치 비슷하게 만들어 겨우 끼니를 이었다. 며느리와 손주까지 함께 살았지만, 제대로 된 밥상을 차려본 적이 없었다.

고정 수입은 없었다. 새로운 제품이 언제 나올지도, 팔릴지도 알 수 없었다. 있는 돈이라야 몇 푼 남은 저축뿐, 그마저도 함부로 쓸 수가 없었다. 혹시라도 자금이 바닥나면 지금까지의 고생이 전부 물거품이 될 게 뻔했다. 그러니 생필품 하나 사는 일도 늘 조심스러웠다. 그렇게 불안하고 조심스러운 일상이 10년 넘게 이어졌다.

20년을 다닌 교회였지만, 우리가 무너졌을 때 찾아오는 사람은 없었다. 이전에 처음 녹즙기를 만들던 때에 우리는 보증금 500만 원에 월세 60만 원인 집에 살았다. 그때 다니던 교회 입구에 슬레이트 집이 있어 차량들이 들고나기가 쉽지 않은 문제가 있었다. 그래서 교회에서 그 집을 아예 매매하고자 헌금을 모았다. 당시 나는 헌책 장사로 남편을 밀어주고 있었는데, 그러면서 3년 동안 조금씩 적금을 부어 만든 300만 원을 교회에 전부 헌금했다. 그런데 막상 내가 사업이 망해 우울증으로 1년 동안 교회에 못 나갔는데도 방문 한 번 안 오시니, 세상 인심이 이렇게나 야박한 것이구나 싶었다.

그래도 누구한테 만 원짜리 한 장 빌리지 않았다.

빌려줄 사람도 없었고 체면도 있지만, 자존심이었다.

완벽을 향해, 시행착오의 시간

제품을 다시 만들어 시장에 내놓기 시작했지만, 처음부터 모든 게 완벽했던 건 아니다. 업소용과 공장용으로도 생산했고, 실제 판매도 이뤄졌다. 반응도 나쁘지 않았다. 성능에 대한 평가도 준수한 편이었다.

대대적으로 광고하고 적극적인 판촉을 벌였다면 더 나은 결과를 기대할 수도 있었지만, 그러지는 않았다. 어음을 끊어가며 사업을 벌이던 과거의 기억은 여전히 생생했다. 한 번의 실패는 깊은 흔적을 남겼고, 우리는 그 길을 다시 걷고 싶지 않았다.

대신 다양한 시도를 했다. 재료와 녹즙에 닿는 핵심 부품만 스테인리스로 만들고, 외장은 플라스틱으로 처리해 가격을 낮추었다. 그런데 예상치 못한 데서 문제가 터졌다. 자주 손이 가는 손잡이나 잠금장치가 플라스틱이다 보니, 잘 사용하다가 보증 기간이 지날 무렵이 되면 부러지는 일이 반복되었다. 성능 자체에는 문제가 없었지만, 이런 작은 결함이 소비자 불만으로 이어졌다. 불만 접수를 받다 보면 억울한 마음도 들었다. 가격은 저렴하길 바라면서 고가 제품에서나 가능한 내구성을 기대하다니 말이다. 하지만 그게 바로 시장이었다.

'값싼 완성품인가, 비싸도 제대로 된 물건인가?'

둘 중 하나를 택해야 했다. 소비자들은 가격에 민감했고, 시장에서는 늘 저렴한 제품부터 팔렸다. 하지만 그 길을 가자니 결국 또다시 짧은 수명에 대한 우려, 브랜드에 대한 신뢰 하락이 반복되었다. 반대로 품질을 우선하면 가격 경쟁에서 밀려 도무지 팔 기회를 얻기조차 어려웠다.

이건 단순한 부품 선택의 문제가 아니었다. 우리 제품이 어떤 길을 갈 것인가, 앞으로 어떤 방식으로 이 시장에서 살아남을 것인가를 결정해야 하는 순간이었다.

'눈앞의 이익을 좇아 다시 타협할 것인가, 아니면 시간이 걸려도 우리가 옳다고 믿는 길로 갈 것인가.'

그것은 우리 사업의 명운을 가르는 절체절명의 선택이었다.

결국 이 모든 시행착오가 우리에게 알려준 건 단 하나였다. 아직 '진짜'는 만들어지지 않았다는 것. 우리가 만든 기계는 나쁘지 않았지만, 여전히 미완이었다. 그래서 다시 돌아갔다. 외장도, 구조도, 부품 하나하나까지 모두 스테인리스로 만든, 처음부터 끝까지 우리가 원하는 방식의 기계를 만들기로 했다.

그렇게 완전히 새로운 엔젤녹즙기가 만들어질 준비가 시작되었다.

버티는 사람이 결국 만든다

내 기준으로 우리가 재기했다고 확신한 때까지 꼬박 14년이 걸렸다. 물론 그전에 새로운 제품들을 출시했고 나름의 성과도 있었다. 하지만 내 마음은 아직 거기까지 닿지 못했다. 그렇게 오래 걸린 데는 다른 이유가 아니라, 마음이 따라오는 데 시간이 더 필요했기 때문이다. 참으로 길고도 불확실한 세월이었다.

기계는 고쳐 만들면 된다. 하지만 마음은 하루아침에 고쳐지지 않는다. 실패의 상처는 깊었고, 두려움은 좀처럼 가시지 않았다. 그래도 그 시간 동안 내가 분명히 알게 된 게 있다. 버티는 사람이 결국 만든다는 것.

내가 만든다고 해서 세상이 알아봐 주는 건 아니다. 아무리 좋은 제품을 만들어도 팔 길이 없으면 그저 창고 안의 쇳덩이에 불과하다. 그걸 견디는 일이 제일 힘들었다. 다 만들어놓고도 못 파는 시간, 돈이 없어도 사람이 안 믿어줘도 나는 내가 가는 길이 맞다고 믿어야 했다.

그 14년이 내게 남긴 가장 큰 건 단단한 생각 하나였다. 사업은 단지 물건을 파는 일이 아니라, 자기 길을 믿고 계속 걸어가는 일이라는 생각이다. 팔릴지 안 팔릴지는 세상이 정하지만, 만들 것인지 아닌지는 내가 정하는 일이다.

결국 중요한 건 속도가 아니라 방향이었다. 그동안 나도 흔들렸다. 빨리 결과를 보고 싶은 마음에 타협도 해봤고, 겉 포장도 바꿔봤다. 하지만 돌아보면 결국 다시 내가 원래 가려던 자리로 되돌아와 있었다. 남들보다 늦어도, 돌아가도, 내 방식대로 만든 것만이 결국 살아남는다는 걸 몸으로 배웠다.

그게 바로 지금의 엔젤이 된 바탕이다. 속도는 느렸지만, 방향은 틀리지 않았다. 내가 믿는 걸 만들고, 버티고, 다시 일어선 시간은 단순히 한 사업을 살린 게 아니라, 내 삶을 지켜준 시간이었다.

그 시간이 있었기에 이제는 그 누구 앞에서도 당당할 수 있다. 무너져도 다시 만들 수 있다는 걸 나는 이미 알고 있으니까.

우리는 그렇게, 다시 시작할 준비를 마쳤다.

6장

엔젤, 다시 날아오르다

기계 하나로 다시 시작해야 했던 때가 있었다. 광고도, 유통도, 자금도 없던 시절, 우리는 그저 '제대로 만든 기계라면 언젠가는 알아줄 사람도 있을 것'이라는 믿음 하나로 버텼다.

그 믿음은 현실이 되었다. 기계는 다시 돌아갔고, 공장은 멈추지 않았다. 해외 바이어들은 입소문을 따라 우리를 찾았고, 우리는 마침내 국경을 넘어 '엔젤'이라는 이름을 알릴 수 있었다. 하지만 그것만으로는 충분하지 않았다.

우리는 이 땅에서 출발한 브랜드였고, 국내 시장을 온전히 회복하지 않는 한 우리의 이야기는 아직 끝났다고 할 수 없었다.

엔젤의 이름에 값하는 기계

비리에 의해 왜곡 보도된 쇳가루 파동으로 모든 걸 잃고 난 뒤, 우리 손에 남은 건 이름 하나뿐이었다. '엔젤', 그 이름만은 여전히 우리 것이었다. 하지만 이름 하나 걸고 다시 시작한다는 게 어디 쉬운 일인가. 우리는 스스로에게 먼저 물었다.

'정말 이 이름에 어울리는 기계를 만들 자신이 있는가?'

결론은 명확했다. 처음부터 많이 팔 생각을 한 건 아니었다. 좋은 물건은 결국 살아남는다고 믿었다. 정직하게, 양심껏 만든다면 언젠가는 알아주는 사람이 있을 거라고 생각했다. 그래서 마음을 다잡았다.

'한두 대만 팔더라도 부끄럽지 않은 기계를 만들자.'

팔리는 기계가 아니라, 자신 있게 권할 수 있는 기계, 언젠가는 고객이 먼저 찾는 기계, 그런 기계를 만들고 싶었다.

그렇게 결심이 서고 나니 이름값을 하려면 무엇을 기준으로 삼아야 할지가 막막했다. 정말 떳떳하게 이름을 걸 수 있으려면 어디서부터 고민해야 할지 몰라 머리를 싸매고 오랫동안 생각에 생각을 거듭했다. 결국 우리는 두 가지 기준에 도달했다. 하나는 '올 스테인리스', 또 하나는 '골수 영양 착즙'이었다.

우선, 우리가 먼저 붙잡은 건 '재질'이었다.

예전에도 주요 부품인 기어와 망에는 스테인리스를 썼지만, 외관은 그보다 저렴한 알루미늄으로 처리했다. 보기엔 번쩍였지만, 십 년도 못 가 거무스레하게 바랬고 이 때문에 고객 불만도 있었다. 플라스틱은 더했다. 미국에서 돌아온 뒤 일부 모델에 부분적으로 플라스틱을 썼는데 몇 년만 지나도 바래거나 헐거워지고 쉽게 부러졌다.

'매일 입에 넣는 즙을 짜는 기계가 공기만 닿아도 분해되는 재질로 만들어져도 되는 걸까?'

지금은 사람도 기업도 플라스틱의 폐해에 골머리를 앓는 시대다. 그런 세상에서 '엔셀'이라는 이름을 단 제품이 플라스틱을 쓴다는 건, 우리 스스로도 받아들일 수 없었다. 그래서 결심했다.

'외관까지 전부 스테인리스로 가자.'

어렵고, 비싸고, 손이 많이 가더라도, 그것이 바로 우리가 원하는 방향이었다.

다음으로 우리가 붙잡은 건 '영양'이었다.

기존 녹즙기들은 대부분 겉면만 건드려 수분만 빼내는 데 그친다. 섬유질 깊숙이 숨어 있는 진짜 영양은 그대로 찌꺼기가 되어 버려지는 것이다. 하지만 진짜 영양은 겉에 있지 않다. 껍질보다 속에, 수분보다 섬유질 안에, 표면보다 골수 깊은 곳에 응축되어 있다.

여기서 말하는 '골수'는 뼈의 골수가 아니다. 바로 채소의 가장 깊숙한 곳에 응축된 본질(essence of vegetable)을 의미한다. 즉 '골수 영양'은 곧 '에센스 영양'이며, 이것이 우리가 찾던 영양의 정수였다.

남편은 직접 수없이 짜보고 찌꺼기를 만져보며 다시 짜보는 과정을 반복했다. 그 과정에서 처음 녹즙기를 개발할 때부터 추구했던 '진짜 영양'을 더 정교하고 완벽하게 추출하는 방법을 점차 터득해갔다. 단순히 즙만 많이 뽑는 기계가 아니라, 그 안의 본질을 놓치지 않는 기계를 만들어야 한다는 확신을 얻게 된 것이다.

그래서 우리는 더 깊이, 더 천천히, 더 정밀하게 접근하는 길을 택했다. '겉만 그럴듯한 기계'가 아니라, 속까지 책임지는 기계를 만들고자 했다.

'올 스테인리스'와 '골수 영양 착즙', 이 두 가지는 엔젤이 처음부터 끝까지 놓치지 않은 기준이자 철학이었다. 좋은 재질로 오래 쓰게 하고, 제대로 짜서 몸에 진짜 이로운 즙을 담아내게 하는 것, 그 두 가지를 모두 담아낼 수 있어야 비로소 '엔젤'이라는 이름을 걸 수 있다.

끝까지 책임지는 올 스테인리스

요즘은 소비자들도 똑똑해서 잘 짜내기만 한다고 다 같은 녹즙기가 아닌 것을 잘 안다. 특히 건강을 위해 매일 쓰는 기계라면 눈에 보이지 않는 곳까지 위생과 내구성을 꼼꼼히 따진다.

이는 엔젤이 처음부터 스테인리스를 택한 이유이기도 하다. 겉면만 번지르르하게 해서 소비자를 현혹하는 기계가 아니라, 내부 구조부터 외관까지 모두 동일한 재질을 써서 안팎이 모두 위생적이고 튼튼한 기계를 만들고자 했다. 이건 단순한 고집이 아니라, 건강을 다루는 기계라면 마땅히 그래야 한다는 생각에서 출발했다.

현재 우리는 모든 모델을 '올 스테인리스'로만 생산하고 있다. 재질에 따라 세균 번식 속도도 달라지고, 즙에 영향을 줄 수 있기 때문에 플라스틱이나 알루미늄은 애초에 고려 대상이 아니다. 기계 전체를 스테인리스로 만드는 회사는 우리가 유일하다.

물론 한편으로는 '이걸 과연 누가 알아줄까?'하는 걱정도 있었다. 하지만 '누구보다 오래, 누구보다 위생적으로' 우리가 옳다고 믿은 방식으로 기계를 만들고 싶었다. 건강을 위해 매일 쓰는 기계라면 그 정도는 기본이 되어야 한다고 생각했다.

쉬운 일은 아니었다. 처음 "껍데기까지 전부 스테인리스로 만들어보자"라고 했을 때, 공장에선 곧장 반대 의견과 함께 볼멘소리가 터져 나왔다.

"스텐은 사출이 안 돼요."

스테인리스는 1,300도 이상에서 녹는 금속이라, 플라스틱처럼 틀에 넣고 한 번에 찍어내는 방식이 통하지 않았다.

결국 포항제철에서 나온 판재와 봉재를 프레스로 하나하나 눌러 가며 수작업을 시작했다. 처음에는 납작하게 찍어내고, 그 다음엔 곡선을 만들고, 붙이고, 갈고, 광을 내는 일까지 전부 사람 손이 필요했다.

특히 쌍기어 구조의 핵심 부품인 '망'은 그중에서도 가장 손이 많이 갔다. 하나를 만드는 데 들어가는 부속만 11개, 그걸 일일이 맞추고 붙여 용접하고 다듬는 작업은 정밀함과 인내를 동시에 요구하는 일이었다. 하루에 서른 개 정도만 찍어도 작업자들의 손등은 벌겋게 헐고, 기계는 과열로 멈추기 일쑤였다.

나와 남편은 매일같이 공장에서 현장을 살폈다. 사포질하며 거친 면을 다듬는 직원들 옆에서 "와, 이건 거의 작품인데!", "어디 가면 공장서 일한다고 하지 말고, 조각가라고 해야겠다"라고 웃으며 버텼다. 농담으로 한 말이지만, 실제로 기계 하나하나가

정교한 공예품처럼 느껴질 정도였다.

섬유질 끝까지, 골수 영양을 짜내다

'천연 재료가 숨기고 있는 진짜 영양은 과연 어디에 있을까?'

이 질문은 남편이 오랫동안 붙들고 있던 화두였다. 건강을 이야기하면서도 대부분의 기계가 껍질 주변 즙만 건드려 짜고 마는 현실에 그는 늘 의문을 품었다. 그런데 이 의문에 큰 힌트를 준 사람이 있었다. 바로 노만 워커(Norman Walker) 박사다.

워커 박사는 20세기 초 미국에서 채소와 과일즙을 이용한 자연 요법을 설파한 인물로 《기적의 야채 과일즙》이라는 책을 통해 생즙의 효능을 알렸다. 그에 따르면 신선한 채소와 과일을 짜낸 즙은 신체 기능을 활성화하고, 독소를 제거하며, 심지어 질병의 회복에도 도움을 줄 수 있다. 다만 그 영양을 온전히 얻기 위해선 섬유질 깊숙이 있는 골수 영양이 인체 세포를 재생시킨다고 그는 밝히고 있다. (《기적의 야채 과일즙》 참고)

워커 박사의 이론은 영양의 본질과 기계의 한계를 고민하던 남편에게 깊은 울림을 주었다. 직접 눈으로 확인하고 싶었던 그는 실험에 나섰다. 당근, 케일, 민들레 등으로 즙을 짠 뒤, 처음 나온 즙을 다른 그릇에 담아두고 찌꺼기만 두 번 갈아낸 즙과 맛을 비교했다. 그랬더니 찌꺼기에서 나온 즙이 월등히 더 진하고 단맛

남편은 골수 영양을 짜내는 완벽한 녹즙기를 만들고자 했다.

도 더 강했다.

'진짜 영양은 겉껍질이나 수분이 아니라, 섬유질 속에 있었던 거야.'

그는 이 확신을 붙들고, 단순한 착즙을 넘어 '골수 영양'까지 짜내는 기계를 만들겠다고 결심했다.

이 철학은 기술로 이어졌다. 남편은 '섬유질을 어떻게 더 곱게, 더 깊이 갈아낼 것인가'를 고민했고, 그 결과 탄생한 것이 SHG(Shattering Helical Gear) 기술이다. 고강도 스테인리스 쌍기어 구조를 통해 일반 기어로는 분쇄하기 어려운 식물의 질긴 섬유질까지도 곱게 갈아낸다.

여기에 LSCS(저속 원뿔 스크루)로 천천히 눌러 짜내고, MSE (다단 압착 착즙) 시스템으로 남은 수분과 찌꺼기까지 정밀하게 걸러낸다. 즉 재료를 넣으면 먼저 SHG로 미세하게 분쇄하고, 이어서 고압으로 80% 이상의 즙을 추출한 뒤, 마지막으로 잔여 수분까지 짜내는 3단계 시스템이다. 이러한 기술이 집약된 '엔젤리아 시리즈'는 실제로 타사 제품 대비 더 많은 즙을 짜내고 섬유질 속 골수 영양까지 뽑아낸다. 영양의 밀도와 깊이, 그 완성도 자체가 다른 것이다. 플라스틱 기어나 외스크루 방식으로는 절대 만들어낼 수 없는 결과다.

"녹즙기의 생명은 섬유질을 얼마나 곱게 갈아내느냐에 달려있다."

남편이 생전에 가장 자주 하던 말이다. 기술이 곧 건강을 만든다는 믿음, 그 신념이 오늘의 엔젤을 만든 셈이다.

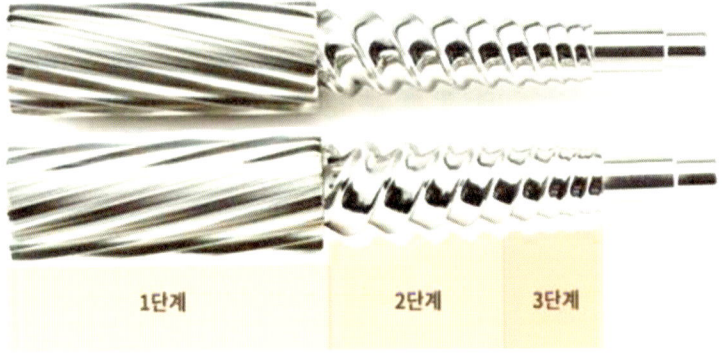

골수 영양을 짜내는 고강도 스테인리스 쌍기어

우리는 단순히 즙을 짜는 기계를 만든 것이 아니다. 섬유질 속 '골수 영양'까지 꺼내는, 진짜 건강을 위한 기계를 만든 것이다.

가격보다 가치를 먼저 생각하다

"엔젤녹즙기가 좋은데 너무 비싸요."
"엔젤은 뭐가 다르길래 이렇게 비싸요?"

엔젤녹즙기의 가격은 사실상 재질로 결정된다. 모든 부품을 100% 스테인리스로 만들기 때문에 가격이 올라갈 수밖에 없다. 우선 스테인리스 재료는 플라스틱 재료보다 10배 더 비싸다. 또 스테인리스 제품 하나를 만들려면 플라스틱 제품 하나를 만드는 것보다 수공비가 30배는 더 든다.

엔젤리아 시리즈 안에서의 가격 차이는 스테인리스의 차이에서 비롯된다. 7000 시리즈 이하 모델에는 '304 스테인리스(식품 기기용)'을 사용한다. 미국 식약청(FDA)에서 가장 안전하다고 인증한 재질로 지금까지 수많은 식품 기기에 널리 쓰여 온 매우 우수한 재질이다.

더 높은 위생성과 안전 기준을 원하는 소비자를 위한 8000 시리즈 이상 최고급 모델에는 '316 스테인리스(의료 기기용)'을 적용했다. 316 스테인리스는 수술 기구, 인체 삽입물, 항공기

부품 등에 쓰이는 최고 등급 재질로 내식성, 내구성, 항균성 면에서 최고 기준을 충족한다. 가격도 304 스테인리스의 두 배 이상이다.

304 스테인리스와 316 스테인리스로 녹즙을 갈 때 가장 큰 차이는 위생성과 내구성에서 나타난다. 채소를 수돗물에 씻어 물기를 털어내도 표면에는 여전히 수분과 세균이 남아 있다. 보통 주부들은 아침에 만든 녹즙을 냉장 보관 후 오후 4~6시쯤 마시는 경우가 많은데, 이때 소재에 따라 세균 증식 속도에서 차이가 난다. 316 스테인리스는 부식에 강하고 표면이 매끄러워 세균이 잘 달라붙지 않으며 세척도 용이해 항균적 특성이 뛰어나다. 반면 304는 상대적으로 부식 저항성과 위생성이 낮다.

이 차이는 성분에서 비롯된다. 316에는 304에는 없는 몰리브덴(Mo)이 함유되어 있어 부식에 훨씬 강하며, 특히 채소나 과일에 남아 있는 염화물 환경에서도 안정적이다. 이러한 특성 때문에 316은 의료용 스테인리스로 분류되며, 병원에서 뼈 고정 핀이나 외과용 기구를 제작할 때 사용한다. 탄소 함량이 낮아 용접이나 성형 과정에서 탄화물 석출로 인한 부식이 적고, 인체에 장기간 들어가도 안전하다.

엔젤 식품연구소의 실험 결과에서도, 같은 조건에서 보관한 녹즙의 세균 증식률은 304보다 316을 사용했을 때 현저히 낮았다. 이러한 이유로 식품 가공 설비나 녹즙기에서는 316 스테인리스가 위생적이고 안전한 선택으로 평가된다.

이렇게까지 고급 재질을 쓰는 데 망설임이 없는 이유는 우리가 만드는 것이 단순한 가전이 아니라, 매일 사람의 몸에 들어가는 녹즙을 짜내는 '건강의 도구'이기 때문이다. 한 번은 고객 한 분이 제조 공장을 직접 찾아왔다.

"그 기어, 일반 스테인리스랑 의료용이랑 같이 좀 볼 수 있습니까?"

그는 두 기어를 햇볕 아래 나란히 놓고 유심히 살펴보더니 고개를 끄덕이며 말했다.

"맞네, 이거 확실히 의료용이 맞네요."

실제로 316 스테인리스는 맑고 흰빛이 돌고, 304 스테인리스는 은은한 회색빛을 띤다. 미묘한 차이지만, 그걸 알아보는 눈은 분명히 존재한다.

316 의료용 항균 스테인리스 쌍기어를 장착한 최고급 엔젤녹즙기

대신 재질 이외의 다른 부분에서는 최대한 가격을 낮췄다. 광고도 하지 않고, 어음도 남발하지 않으며, 총판과 대리점도 두지 않는다. 유통 마진을 없애고 공장 이윤도 최소로 낮췄다. 그렇게 해서 소비자에게 직접 판매하는 방식으로 가장 저렴한 모델은 100만 원 후반대, 최고급 모델은 250만 원대까지 낮출 수 있었다. 세상 기준으로는 여전히 비싸게 느껴질 수 있지만, 우리 기준에서는 최대한 낮춘 가격이다.

우리는 원가 대신 신념을 선택했다. 우리가 원하는 건 한 대를 팔더라도 왜 비싼지를 설명할 수 있는 기계다. 그 설명이 엔젤의 정체성이며, 제품 그 자체가 우리의 답이다.

공장은 돌고, 물건은 쌓이고

새로운 엔젤녹즙기는 솔직히 말해 지금 다시 봐도 참 잘 만든 기계였다. 내부 구조며 재질, 성능까지 흠잡을 데 하나 없었다. '이름값'을 하겠다고 작정하고 설계한 기계, 겉은 소박해 보여도 속은 알차고 단단했다. 쇳가루 파동이라는 억울한 모함과 음해로 쫓겨나듯 물러났던 남편이 이를 악물고 절치부심하며 다시 일어선 결과물이기도 했다. "이 정도면 세계 어디 내놔도 부끄럽지 않다"라고 자신 있게 말하던 남편의 얼굴이 지금도 눈에 선하다. 하지만 그렇게 공들여 만든 기계가 뜻밖에도 시장에서 크게 호응을 얻지는 못했다.

첫 번째 이유는 우리가 광고를 못 했기 때문이다. 아무리 좋은 물건이라도, 아무리 그 안에 기술과 철학을 담았다고 해도, 사람들 눈에 띄지 않으면 무용지물이다. 제품이 얼마나 좋은지를 설명할 기회가 없는 거다. 광고를 못 한 이유는 단순하다. 돈이 없었고,

어음을 끊고 싶지 않았기 때문이다.

예전에는 사업하면서 어음을 끊는 게 당연했다. 광고 하려고 끊고, 기계를 만들려고 끊고, 자재 사려고 끊고……, 매달 돌아오는 날짜에 맞춰 늘 조마조마해야 했다. '이번 달은 넘겼다'라고 안도해도 다음 달이 금방 따라온다. 그러다 보면 언젠가는 결국 부도라는 이름으로 터진다. 우리는 그 결과를 누구보다 뼈저리게 겪었다.

엔젤녹즙기는 '올 스테인리스'라서 타사 제품에 비해 가격대가 높아 소비자들이 선뜻 사기가 쉽지 않았다. 비싸면 비싼 이유를 광고로 설명해야 하는데 광고하지 않으니, 소비자가 알 방법이 없었다.

두 번째 이유는 과거 '쇳가루 파동'으로 훼손된 브랜드 이미지가 여전히 남아 있었다는 점이다. 우리 제품에 아무 문제가 없다는 걸 끝내 밝혀냈지만, 시장은 그런 진실은 중요하게 여기지 않았다. '한 번 시끄러웠던 브랜드'라는 낙인은 생각보다 오래갔나. 초반에는 그 인식을 바꿔보려고 정정 기사도 실었다. 하지만 곧 깨달았다. '사실'로는 '이미지'를 이기기 어렵다는 걸 말이다. 억울함을 설명하면 할수록, 오히려 변명처럼 들리는 법이었다.

브랜드에 대한 신뢰도가 높지 않은 상황에서 소비자들이 보기에 우리 엔젤녹즙기는 '그저 비싸기만 한 기계'일 뿐이었다. 신뢰를 다시 얻으려면 더 많은 광고가 필요했고 유통 업체에도 더 좋은 조건으로 밀어 넣어야 했다. 하지만 어음을 끊지 않기로 한 우리는 그럴 만한 여유가 없었다.

영문 홈페이지: 하나님이 열어주신 문

국내 판로는 막혀 있었고, 광고는 여전히 할 수 없었다. 어음을 끊지 않겠다고 다짐한 이상, 대대적인 홍보는 애초에 불가능한 일이었다. 그렇다고 손 놓고 앉아 있을 수는 없었다. 그때 나는 생각했다.

'국내가 이렇다면, 눈을 바깥으로 돌려야 하지 않을까……'

무모한 생각일 수도 있었다. 해외 시장이 국내보다 쉽다는 보장은 어디에도 없었다. 하지만 생각해 보면 우리가 만든 이 기계는 세계 어디에 내놔도 부끄럽지 않을 만큼 잘 만들었다. 겉만 반짝거리는 플라스틱이나 알루미늄 제품이 아니라, 속까지 스테인리스로 알차게 채운 제대로 된 기계였다. 이 정도면 건강을 중시하는 나라, 환경에 민감한 나라, 그리고 제품을 오래 두고 쓰는 나라들에서는 통하지 않을까 싶었다.

그 옛날 헌책방을 할 때도 그랬지만, 나는 늘 '물건이 좋으면 된다'라고 믿는 사람이었다. 이 제품이 진짜 좋은 기계라면 반드시 알아보는 사람이 있을 거라고 생각했다. 문제는 그 누군가에게 어떻게 이걸 보여줄 수 있느냐였다. 바로 그 무렵, 중소기업청에서 연락이 왔다. 영문 홈페이지를 무료로 제작해 주는 지원 사업이 있다고 했다.

중소기업청의 지원은 하나님이 주신 기회였다. 그때 우리는 진짜로 돈이 없었다. 해외 시장을 노려 영문 홈페이지를 새로 만들기는커녕, 한글 홈페이지 관리도 버거운 형편이었다. 외주를 줄 예산도, 담당 직원을 둘 여유도 없었다. 그야말로 지원이 아니면 아무것도 할 수 없는 상황이었다.

얼마 후, 엔젤녹즙기를 소개하는 사진과 설명을 담은 영문 홈페이지가 구글에 등록되었다. 솔직히 딱히 큰 기대를 한 건 아니었다. 그저 뭐라도 했다는 안도감 정도였지, 홈페이지 하나가 우리 회사의 운명을 바꾸어 놓으리라고는 생각도 못 했다. 그런데 며칠 뒤, 정말 기적처럼 연락이 왔다.

영국에서 이메일이 도착했다. 올 스테인리스로 만든 녹즙기라니, 흥미로워서 샘플을 하나 받아보고 싶다고 했다. 처음에는 믿기지 않아 스팸 메일인가, 유령 업체는 아닌가 싶었다. 하지만 다시 읽어보니 진지했다. 실제 유통업을 하는 바이어였고, 건강 관련 소형 가전 기기 쪽에 관심이 있는 업체였다.

나는 그 메일을 몇 번이고 읽고 또 읽었다. 떨리는 손으로 샘플 하나를 정성스레 포장해서 보냈다. 보충재를 채우고, 설명서를 넣고, 테이프를 붙이는 마지막 순간까지 마음속으로는 계속

되뇌었다.

'부디, 이 사람이 우리 엔젤녹즙기를 제대로 봐 주기를……'

샘플을 보낸 뒤 몇 주간은 하루에도 몇 번씩 이메일을 확인했다. 시간이 흐를수록 조바심이 났고, 새 메일이 와 있으면 가슴이 철렁 내려앉았다. 그렇게 하루가 일 년처럼 느껴지는 시간을 견딘 끝에 마침내 연락이 왔다.

엔젤녹즙기, 세계로 퍼져 나가다

"제품이 아주 훌륭하다. 우리 시장에서 충분히 경쟁력이 있다고 본다. 50대를 먼저 주문하고 싶다."

나는 순간 멍해졌다. 광고 한 줄 없이, 샘플 하나 보낸 게 전부였다. 인터넷에 올린 설명 하나와 기계 한 대만 보고 바이어는 50대를 주문하겠다고 했다.

그게 우리 수출의 시작이었다. 국내에선 비싸기만 하다며 외면받았던 제품이 해외에서는 기회가 되었다. 솔직히 지금도 그 일이 참 믿기지 않는다. 어떻게 그런 기적 같은 일이 우리에게 일어난 걸까!

우리는 떨리는 마음으로 50대를 보냈다. 그 영국 바이어가 우리 제품을 판매하고자 현지에서 광고하자 독일, 프랑스, 네덜란드 같은 유럽 국가들에서 연이어 문의가 들어왔다. 미국에서도 샘플 요청이 왔고, 러시아에서도 관심을 보이는 바이어가 있었다. 어디서 어떻게 우리 제품을 알게 되었는지는 제각각이었지만, 모두 비슷한 말을 했다.

"이 기계가 진짜 스테인리스 맞나요?"

"고장 안 나고, 오래 쓰는 게 진짜인가요?"

"우리 고객들은 알루미늄이나 플라스틱 제품을 선호하지 않습니다."

그 영국 바이어가 광고를 어떻게 했는지는 지금도 정확히 모른다. 소매점에 홍보 리플릿을 돌렸는지, 현지 전시회에 나갔는지는 알 수 없었다. 하지만 한 가지는 분명했다. 광고 없이도 팔릴 수 있었던 건 그만큼 우리가 진심으로 만들었기 때문이었다. 그리고 누군가는 그 진심을 말이 아닌 성능으로 알아봐 줬기 때문이었다.

그러면 그렇지! 우리 기계는 '광고를 안 해서' 안 팔렸던 거지, '물건이 나빠서' 안 팔린 게 아니었다.

2007년 영국의 첫 주문을 시작으로 그해에만 선진 유럽 7개국에 25만 달러가 넘는 수출을 했다. 규모로 보면 그리 크지 않지만, 우리에게는 눈물 나는 수치였다.

그 뒤로도 광고 한 줄 없이 수출을 이어갔다. 처음엔 한 박스, 두 박스가 나가더니 어느새 몇 팔레트 단위로 쌓이기 시작했다.

수출길이 열리면서 회사는 다시 활기를 되찾았다

공장은 다시 풀로 돌아갔고, 인력도 하나둘 늘어나기 시작했다. 매출 구조도 완전히 달라졌다. 국내보다 해외에서 더 많이 팔리는 회사가 된 것이다.

기계도 계속 업그레이드해 나갔다. 수출국이 늘어나면서 각 나라의 전압이나 인증 규격, 소비자 습관에 맞게 제품을 조금씩 바꿔야 했다. 제품뿐 아니라 회사도 바뀌었다. 2010년부터는 1백만 불, 3백만 불, 그리고 5백만 불 수출의 탑을 연이어 수상했고, 2014년에는 중소기업청으로부터 '글로벌 강소 기업'으로 선정되었다. 작지만 강한 회사, 그게 바로 우리였다.

엔젤녹즙기는 조용히 세계로 퍼져나갔다.

대 가전 전시회인 독일 IFA에 참가한 엔젤녹즙기

세계를 개척한 마음으로

엔젤녹즙기는 해외에서 더 각광받으며 잘 팔렸다. 정확히 말하면 선진국일수록 우리 제품을 더 빨리, 더 확실하게 알아봤다. 이상하다고 생각했다. 국내에선 너무 비싸다며 외면당하던 기계가 해외에서는 광고도 없이 샘플 하나만 보고 주문이 들어오니 말이다. 그때는 좀 얼떨떨했지만, 지금은 안다. 이유는 명확했다.

우리는 겉만 번지르르한 기계가 아니라, 속까지 믿을 수 있는 기계를 만들고 싶었다. 그래서 눈에 보이지 않는 부품까지 전부 스테인리스로 채웠고, 찝찝한 재질이라고는 단 하나도 쓰지 않았다. 국내에서는 그 가치를 알아봐 주는 사람이 별로 없었지만, 역시 선진국 소비자들은 달랐다. 유럽 바이어들은 제품을 보자마자 이렇게 물었다.

"몇 등급 스테인리스인가요?"

"식품이 직접 닿는 부품까지 전부 스테인리스인가요?"

"올 스테인리스가 아니면 우리 시장에선 경쟁력이 없습니다."

이런 말을 들을 때마다 속으로 생각했다.

'역시 선진국은 다르구나……'

플라스틱이나 알루미늄으로 만든 겉모양만 그럴듯한 기계는 그들 기준에선 애초에 제품 축에도 못 낀다. 건강과 환경 문제에 민감한 그들은 기계 하나를 고를 때도 재질, 세척, 내구성까지 꼼꼼히 따졌다. 미국의 한 바이어는 이렇게 말했다.

"요즘 소비자들은 검색부터 합니다. 기계에 어떤 재질이 쓰였는지, 세척은 쉬운지, 얼마나 오래 쓸 수 있는지 다 따져요. 싸고 예쁘기만 한 제품은 이제 안 통합니다."

나는 고개를 끄덕였다. 그게 바로 우리가 만들고 싶었던 기계였기 때문이다. 제대로 만든 것, 오래 써도 부끄럽지 않은 것, 그게 엔젤녹즙기였다. 그 진심을 제대로 알아봐 준 시장이 해외였다.

수출이 본격화되면서 엔젤은 자연스럽게 해외 중심 구조로 전환됐다. 지금도 전체 매출의 90% 이상이 해외에서 나온다. 국내는 여전히 '비싸서 못 하겠다'라는 반응이 많고, 우린 광고도 안 하니까 더더욱 외면받는 것 같다. 반면 해외에선 바이어들이 자국 내 홍보와 유통을 자발적으로 해준다. 입소문만으로도 시장이 열렸고, 우리는 마케팅 하나 없이 주문서를 받고 있다.

2020년 초, 우리는 수출만으로 연 매출 140억 원을 기록했다. 유럽과 북미를 중심으로 조용하지만 단단하게 성장하며 꾸준히 상승 곡선을 그려가던 시기였다. 그러던 어느 날, 전혀 예상치 못한 복병이 터졌다. 러시아-우크라이나 전쟁, 그 먼 나라의 전쟁이 우리에게 이렇게 직접적인 타격을 줄 줄은 몰랐다.

러시아는 우리 수출 구조에서 적잖은 비중을 차지하던 시장이었다. 하지만 전쟁이 발발하자 수출은 즉각 중단됐고, 그 여파는 러시아를 넘어 유럽 전역으로 번졌다.

모스크바 도심에 걸린 엔젤녹즙기의 대형 광고판

　프리미엄 가전이든 건강 기기든, 소비자들이 지갑을 닫기 시작한 것이다. 여기에 유가 급등, 환율 불안정 같은 복합적인 외부 변수들까지 겹치며 수출 환경이 눈에 띄게 악화됐다.

　그 결과, 수출 매출은 140억에서 80억으로 급감했다. 우리는 부득이하게 일부 직원을 줄이고, 공장도 최소 인력으로만 돌리는 체제로 전환해야 했다. 전쟁이 언제 끝날지는 아무도 모른다. 끝난다 해도 시장이 회복되기까지 몇 년은 더 걸릴 것이다. 지금은 말 그대로 '추운 겨울'이다. 시장도 얼어붙고, 바이어들의 주문서도 뜸해졌다. 하지만 크게 걱정하지 않는다.

우리는 이미 수많은 위기를 견뎠고, 지금도 여전히 잘 버티고 있다. 이번이라고 못 버티겠는가. 광고 하나 없이 세계를 개척한 우리다. 그 자부심 하나로 나는 믿고 있다.

겨울은 결코 영원하지 않다.

우수 수출 기업으로 인정받다

작지만 분명한 흐름

수출 물량은 여전히 꾸준했고, 생산 라인도 차질 없이 돌아갔다. 우리는 여전히 좋은 기계를 만들고 있었고, 그 기계를 필요로 하는 사람이 이 땅에도 분명히 있을 거라고 믿었다. 그 믿음처럼 현재 국내 판매는 남편이 생전에 설립한 '천연건강교육원'을 통해 조용히 이어지고 있다.

지금은 사위가 센터장으로 있는 그곳에는 건강 문제로 상담을 받으러 오는 이들이 많다. 환자들은 교육원에 머무는 동안 생씨앗즙을 접하며 몸의 변화를 직접 체감한다. 퇴소 후에도 그 효과를 이어가고자 생씨앗즙을 계속 마시려 하지만, 시중의 플라스틱 녹즙기로는 만들 수 없어 결국 엔젤녹즙기를 찾게 된다. 비싸더라도 튼튼한 올 스테인리스 제품인 엔젤녹즙기만이 제대로 된 생씨앗즙을 만들 수 있기에, 집에 다른 녹즙기가 있더라도 주저 없이 구매하게 되는 것이다.

교육원을 통해 판매하는 수량은 점차 늘어났다. 어느새 한 달

100대가량에 달할 만큼 의미 있는 흐름으로 자리를 잡았다. 그러니까 이 기계를 정말 필요로 하는 사람들이 멀지 않은 곳에 있었다. 무대는 작지만, 그 진심은 어느 대형 유통 채널보다 깊고 분명했다.

더 나은 녹즙기를 위한 연구와 노력은 지금도 계속되고 있다.

간혹 엔젤은 해외 수출만을 중심으로 운영되는 회사가 아니냐고 묻는 사람도 있지만, 우리가 국내 시장을 완전히 포기한 것은 아니다. 교육원을 통한 판매 외에도 자체 쇼핑몰을 운영하며 조용히 고객을 만나고 있고, 그 안에서 간헐적이나 꾸준한 반응이 이어지고 있다.

공식 유통이나 대규모 광고는 없지만, 우리 제품은 여전히 누군가의 삶 속에 자리 잡고 있다. 누군가는 매일 이 기계로 아침을 열고, 누군가는 병든 가족을 위해 한 잔의 녹즙을 짜내고 있다.

유행을 타는 제품이 아니기에 오히려 시간이 지나도 꾸준히 찾는 사람들이 있다. 진심으로 만든 기계는 결국 진심으로 찾는 이에게 닿는다는 사실을 우리는 알고 있다. 생각해 보면 이게 우리가 애초에 만들고 싶었던 방식일지도 모른다. 크게 떠들지 않아도 필요한 사람이 알아보고 마지막에 선택하는 기계 말이다.

우리가 국내 시장을 완전히 떠나지 않는 이유는 그런 고객들이 여전히 남아 있기 때문이다. 언젠가 이 조용한 가능성이 다시 커다란 흐름으로 이어질 날이 올 거라고, 나는 지금도 믿고 있다.

이 믿음을, 나는 놓지 않기로 했다.

3부

믿음과 치유의 길

7장

천연 치유, 그 믿음의 기록

　치유는 어느 날 갑자기 찾아온 기적이 아니었다. 누구보다 간절했던 한 사람의 믿음, 그리고 삶으로 보여준 실천이 쌓이고 쌓여 가능해진 일이었다. 남편은 천연 치유를 단순한 건강법이 아닌 하나님이 보여주신 길로 받아들였고 기꺼이 그 길을 자기 삶에 들였다.

　나는 그 곁에서 함께 걸으며 그 길의 힘을 확인했고 이제는 내 삶에도 그 믿음을 심고 가꾼다. 치유는 이론이나 지식이 아니라, 결국 '사는 방식'이라는 걸 우리는 몸으로 증명해 냈다. 그리고 그 기록은 지금도 이어지고 있다.

천연 치유로의 부름에 응답하다

남편은 의사가 아니었다. 의학을 공부한 적도, 자격증을 딴 적도 없었다. 평생 기계만 다뤄온 엔지니어이자 발명가였다. 하지만 그가 인생에서 가장 깊이 몰두한 분야는 아이러니하게도 의학, 그중에서도 병원 시스템 바깥에서 사람을 낫게 하는 길, 곧 '천연 치유'였다.

젊은 시절, 남편은 협심증이라는 병을 앓았다. 병원 치료에 기대지 않고 그가 붙잡은 건 하나님이 주신 약이라 믿은 자연식이었다. 가공되지 않은 식재료, 생채소와 생과일, 절제된 식습관으로 몸을 다스리기 시작했고 믿기 어려울 만큼 건강을 되찾았다.

남편은 자신의 치유 경험을 단순히 '하나님의 은혜'로 감사하는 데서 끝내지 않았다. 치유의 원리를 알려 병으로 고통받는 이들에게 자신이 찾은 길을 전하고 싶다는 사명감이 생긴 듯했다. 의사는 아니었지만, 본인의 몸으로 경험한 사람이기에 할 수 있고, 해야 한다는 확신이 그를 움직였다.

남편은 녹즙기 사업이 어느 정도 자리를 잡은 뒤, 적극적으로 천연 치유의 이론과 실제를 전파하고자 했다. 그에게는 기계를 넘어 삶 전체를 통해 사람을 살리는 일을 하고자 하는 열망이 있었다.

남편이 생전에 녹즙기와 천연 치유에 그토록 몰두했던 이유가 만약 돈을 벌기 위한 것이었다면 과연 그렇게까지 할 수 있었을까? '사람을 살리는 기계'를 만든다는 믿음, 그리고 한 생명을 살리기 위해 기꺼이 삶을 건다는 마음이 그의 삶을 이끌었던 것이다.

누군가는 병원을 떠올릴 때 고통과 절망을 기억한다. 하지만 남편은 아직 말해지지 않은 또 다른 길이 존재한다고 믿었다. 그는 병원에서 길을 찾지 못한 이들에게 자기처럼 다시 살아날 방법이 있다는 걸 알리고 싶었던 사람이었다.

남편에게 천연 치유는 단순한 건강법이 아니라, 이론과 원리를 갖춘 하나의 시스템이자 믿음과 회복의 메시지를 담은 '사람을 살리는 길'이었다. 그 길은 누가 시켜서도, 어디서 배워서도 시작된 게 아니었다. 병에서 살아난 바로 그날부터 그는 이미 그 길을 걷고 있었다.

그래서 그는 공부했고, 실천했고, 증명했다.

공부에서 실천으로

남편은 건강 관련 책들을 유심히 들여다보고, 생식, 해독 요법, 자연 요법에 관한 기사를 스크랩해 정리하곤 했다. 처음엔 나도 우리가 녹즙기 사업을 하고 있고, 본인이 자연식으로 꾸준히 몸 관리를 해왔으니 그런가 보다 했다. 그런데 언젠가부터는 의학 서적을 보기 시작했다. 단순한 건강 상식을 넘어 내과학 총론, 생리학 개론, 해부학 이해 같은 책들을 구해와 마치 전공자처럼 파고들기 시작한 것이다.

남편은 사람이 앓는 병의 원리와 치유의 구조를 알고 싶어 했다. 병의 기전, 천연 치유의 조건, 식이요법의 효과 같은 개념을 완벽히 이해할 때까지 공부하고 또 공부했다. 옆에서 보고 있으면 놀라울 정도였다. 옆에서 불러도 모를 정도로 몰입해 책에 줄을 긋고, 메모를 달고, 구조를 도식으로 그려가며 공부했다. 나는 꼭 시험을 앞둔 학생 같다면서 웃곤 했다.

나중에 말하길 때로는 한 문장, 한 단락을 이해하는 데 며칠이 걸리기도 했단다. 생소한 내용이거나 복잡한 문제는 한 문장, 한 단어씩 곱씹으며 완벽하게 이해할 때까지 절대 그냥 넘기지 않았다. 전문 용어에 막히면 사전을 찾아 반드시 정확히 이해하고야 말았다.

특히 남편에게 큰 영감을 주었던 책은 앞서 언급해던 미국 노만 워커 박사의 《기적의 야채 과일즙》이었다. 책을 거의 외울 정도로 연구하던 남편은 워커 박사가 우리보다 앞서서 환자들을 도와주는 요양 사업을 하고 있는 곳에 찾아가기도 했다. 그곳을 둘러보고 다른 책들도 사와서 공부를 이어갔다.

남편의 공부는 책 속에 머물지 않았다. 그는 자기 몸을 실험체 삼아 식단을 조절하고 수면 리듬이나 공복 시간에 따른 몸의 변화를 일일이 기록했다. 솔직히 내 남편이라도 참 독하다 싶을 정도였다. 그 정도로 한번 뜻을 세우면 끝을 봐야 직성이 풀리는 사람이었다. 나는 남편 안부를 묻는 지인들에게 감탄 반, 자랑 반으로 이렇게 말하곤 했다.

회사가 자리 잡자 남편은 천연 치유 전파에 몰두했다

"우리 남편은 정말 하루도 안 쉬어요. 낮엔 기계 만지고, 밤엔 책 들여다보고, 밥 먹고 책 보고, 자다 일어나서 또 책을 본다니까요!"

수년에 걸쳐 이어진 공부는 책상 위에서 끝나지 않았다. 남편은 자신의 몸을 넘어서 가족의 식단에도 하나하나 신경을 썼고, 주위 사람들에게도 늘 새로운 정보를 전하며 식생활을 건강하게 바꾸도록 권했다.

"이건 그냥 채소가 아닙니다. 몸을 살리는 약이에요."

그가 말하면 이상하게도 믿게 됐다. 단순히 말솜씨 때문이 아니었다. 그 말에는 스스로 실천한 경험과 흔들림 없는 확신이 담겨 있기 때문이었다. 나중에는 지인들이 요즘 어디가 안 좋은데 뭘 먹으면 좋겠냐고 먼저 찾아올 정도였다. 그러면 그는 꼭 직접 정리한 자료를 보여주며 조언했고, 간단한 요리법이나 생활 습관까지도 일러주었다.

이 모든 흐름은 단지 개인적 관심을 넘어서 있었다. 말하자면 그는 자연식 전도자였고 천연 치유의 이론가이자 실천가였다. 공부는 사명이 되었고 실천은 일상이 되었다. 그렇게 쌓인 시간과 경험, 연구와 관찰, 기도와 확신은 마침내 한 방향으로 모이게 된다.

"이제는 공부만 하지 말고, 사람들을 직접 도와야겠어."

남편이 그렇게 말했을 때, 나는 놀라지 않았다. 그 모든 공부와 실천이 결국 어디로 향하고 있는지 이미 알고 있었기 때문이다. 그는 단지 병에서 살아났다는 이유로 자격이 있는 사람이 아니었다. 이미 삶 전체를 천연 치유의 길에 쏟아붓고 있었기에 누구보다 그럴 자격이 충분한 사람이었다.

고집으로 만든 확신

"회장님은 의사도 아니신데 어떻게 이런 강의를 하세요?"

"왜 이렇게까지 천연 치유를 전파하는 데 열정을 쏟으시나요?"

이런 질문을 받을 때마다 남편은 조용히 웃으며 대답했다.

"제가 의사는 아닙니다. 하지만 저는 병에서 살아난 사람입니다. 제 몸이 가르쳐줬어요. 하나님이 살려주신 그 길을, 다른 사람에게도 열어주고 싶을 뿐입니다.

"남편의 천연 치유 철학은 언제나 '비전문가'라는 한계를 딛고 나아가는 고집에서 비롯됐다. 누군가는 자격이 없다 했고, 누군가는 사업에나 집중하라며 핀잔을 줬다. 하지만 그는 늘 사람을 먼저 봤다. 자격보다 진심을, 효율보다 현장을 믿었다. 그가 만든 기계가 치유의 도구였듯, 기계를 만든 그는 그 자체로 신념의 사람이었다.

서울에 있는 우리 건물 6층을 직접 강의실로 꾸미고 공간을 마련했다. 남편은 그곳에서 정기적으로 천연 치유 강의를 열었다.

점점 더 많은 사람이 남편의 천연 치유 강의를 들으러 왔다

강의가 끝나면 찾아온 이들을 하나하나 만나면서 개별 상담까지
이어갔다. 앓고 있는 병을 말하며 어떤 식단이 좋은지 묻는 분도
있고, 가족의 증상을 이야기하며 도움을 구하는 사람도 있었다.
남편은 각자의 사정을 경청한 뒤 정리해 둔 자료를 보여주고
식이요법과 생활 습관을 조언해 주었고, 식재료 고르는 법까지
꼼꼼히 알려줬다.

　일주일에 한 번, 부산에서 서울까지 차로 열 시간 넘게 왕복하면
서도 그 일정을 단 한 번도 거른 적이 없었다. 처음엔 참석 인원이
몇 명 되지 않았지만, 시간이 갈수록 입소문을 타고 찾는 이들이

늘었고 강의실엔 급히 의자를 더 들여놓아야 할 정도가 되었다.

겉보기엔 남편이 '비의료인'일지 몰라도 나는 그렇게 생각하지 않는다. 그는 누구보다 진심으로 목숨 걸고 공부한 사람이었다. 책으로만 끝났다면 남편은 그저 건강에 관심이 많았던 사람으로 남았을 것이다. 하지만 그는 기계를 만들고, 지식을 쌓고, 사람들을 천연 치유의 길로 이끌며 그 모든 것을 직접 실행했다.

그의 강의는 깊었다. 듣는 사람마다 "그 어떤 박사보다 낫다"라고 말했다.

"의사도 아닌데 병의 원리와 음식의 힘을 그렇게 쉽게 설명해 주는 사람은 처음입니다."

우리는 그런 말을 수없이 들었다. 나는 그런 남편이 자랑스러웠지만, 정작 당사자인 남편은 자신을 내세우기는커녕 늘 이렇게 말했다.

"다 제가 살아나온 그 경험 덕분입니다."

물론 때로는 그 고집이 무모해 보이기도 했다. 강의와 상담으로 녹초가 되어 들어오는 모습을 보면 마음이 짠할 때가 한두 번이 아니었다. "조금 줄입시다", "쉬어 가면서 해야죠"라고 말려도 늘 흘려듣기만 했다. 먹고사는 데 지장도 없는데 왜 이렇게까지 몸을 혹사하느냐고 해도 요지부동이었다.

결국 나는 말리는 걸 포기했다.

어쩌겠는가, 고집을 꺾을 수 없다면 옆에서 같이 끌려가는 수밖에!

남편은 천연 치유 전파에 점점 더 몰두했다

2. 믿고 따르는 천연 치유의 길

성경에서 찾은 길을 믿다

우리가 천연 치유를 단순한 건강법으로 보지 않는 이유는 그 뿌리가 믿음에서 비롯되었기 때문이다. 성경을 오래 묵상해 온 우리에게 먹는 문제는 그저 생존이나 영양의 문제가 아니었다. 하나님이 인간에게 처음 허락하신 음식이 무엇이었는지를 돌아보는 일, 곧 창조의 질서를 회복하는 길이었다.

"하나님이 이르시되 내가 온 지면의 씨 맺는 모든 채소와 씨 가진 열매 맺는 모든 나무를 너희에게 주노니 너희의 먹을 거리가 되리라."
— 창세기 1장 29절

창세기 1장 29절의 말씀은 지금도 유효한 하나님의 생명 질서다. 씨앗과 과일, 채소는 하나님께서 죄 없는 인간에게 허락하신 최초의 음식이다. 하지만 인간이 죄를 지은 후, 먹는 방식에도 근본적인 변화가 생겼다. 이전에는 주어졌던 음식을 먹었지만, 이제는 땀 흘려 얻어야만 하는 삶이 된 것이다.

> "…… 땅은 너로 말미암아 저주를 받고 너는 네 평생에 수고하여야
> 그 소산을 먹으리라. 땅이 네게 가시덤불과 엉겅퀴를 낼 것이라.
> 네가 먹을 것은 밭의 채소인즉."
>
> — 창세기 3장 17절, 18절

처음엔 이 말씀이 잘 이해되지 않았다.

'하나님은 죄인을 구원하시려고 예수님을 보내주신 분인데 왜 가장 맛없는 채소를 굳이 한 번 더 강조하여 먹으라 하셨을까? 이건 사랑일까, 아니면 벌일까?'

아무리 생각해도 도무지 사랑으로 느껴지지 않았다.

그런데 어느 날 집에 있던 영어 성경을 우연히 들춰보다 놀라운 사실을 발견했다. 한글 성경에서는 '채소'로 번역된 단어가 영어 성경에서는 'vegetable'이 아니라 'herb of the field', 곧 '밭에서 나는 약초'로 쓰여 있었던 것이다. "Thorns also and thistles shall it bring forth to thee; and thou shalt eat the herb of the field." 이 구절의 참뜻은 단순히 채소를 먹는다는 의미를 넘어, 밭에서 나는 식물들을 약처럼 여기고 치유의 목적으로 섭취하여야 비로소 건강해질 수 있다는 것이었다.

순간 모든 의문이 풀렸다. 하나님은 죄를 지은 인간에게 무조건 벌을 내리신 것이 아니라, 병들 수밖에 없는 삶에 치유의 열쇠를 함께 주신 것이었다. 다시 말해 '채소'는 단순한 식재료가 아니라,

회복과 치유를 위한 하나님의 처방이었다.

그때 깨달았다. 하나님은 범죄한 인간이 병들게 될 것을 아셨고, 그 회복을 위한 도구로 자연의 식물을 다시 한번 강조하셨다. 단지 먹고 사는 문제가 아니라, 병든 몸과 마음을 다시 살리기 위해 하나님이 남겨주신 사랑의 방식이었다. 땀 흘려 얻은 채소 한 줌에도 하나님의 배려와 처방이 담겨 있다는 걸 알게 된 이후, 우리는 식탁을 대하는 태도부터 바뀌었다.

지금도 꾸준히 자연식을 실천하는 이유는 단순한 건강 때문만은 아니다. 하나님이 주신 본래의 음식, 인간을 다시 살리는 음식이기에 소중하게 여기며 실천하는 것이다. 천연 치유란 곧 하나님이 설계하신 회복의 방식에 순종하는 삶이다. 그것이 우리가 자연식을 '먹는 일'이 아니라, '믿는 일'로 받아들이는 이유다.

천연 치유, 기적이 아니라 원리

천연 치유는 결코 비과학적인 민간요법이 아니다. 약물이나 인위적 개입 없이도 자연이 준 식재료와 식습관, 생활 방식만으로 몸이 스스로 회복할 수 있다는 이 원리는 이제 세계 각국의 연구와 통계를 통해 수없이 입증되고 있다.

영국 런던대학의 연구에 따르면 채소와 과일을 하루 한 접시 이하로 섭취한 사람들에 비해, 하루 7접시 이상 먹은 사람들은 사망률이 무려 42%나 낮았다. 세계보건기구(WHO)는 이보다 더한 권고를 내놓았다. 하루 14접시 분량의 채소와 과일을 먹으라는 것이다. 말은 쉽지만, 현실적으로 불가능한 양이다. 단언컨대 이를 가능케 하는 방법은 바로 '녹즙'뿐이다.

식사로는 도저히 다 먹을 수 없는 양을 공복과 식사 3시간 후에 한 컵씩 짜서 마시다 보면 하루 몇 접시는 거뜬히 넘긴다. 기계로 짠 녹즙은 체내 흡수율도 높고 위에 부담도 적다. 단순히 먹는 것 이상의 '흡수하는 식사'이고, 실제로 몸이 달라지는 걸 느낄 수 있다.

핀란드 탐페레 대학병원에서는 무려 27년간에 걸쳐 1,622명의 어린이와 청소년을 대상으로 한 장기 연구를 진행했다. 3세부터 18세까지의 아이들을 두 그룹으로 나누어 채소와 과일을 꾸준히 섭취한 그룹과 그렇지 않은 그룹을 추적 관찰한 결과는 놀라웠다.

성인이 된 후 혈관의 상태를 정밀하게 측정해 보니, 어릴 때 채소와 과일을 적게 먹었던 그룹은 많이 먹었던 그룹에 비해 맥파전달속도(PWV)가 평균 6% 더 빨랐다. 이는 혈관이 그만큼 딱딱하게 굳어졌다는 뜻이다. 건강한 혈관은 부드러워서 혈액이 흐를 때 자연스러운 파동을 만들어내지만, 경화된 혈관에서는

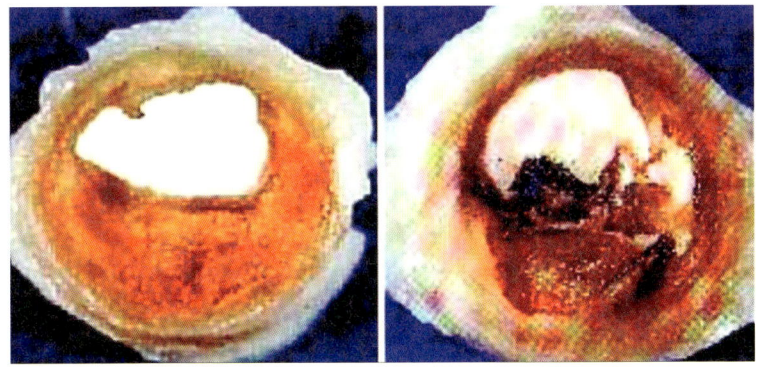

(왼쪽) 동맥경화증이 진행되어 혈관 내벽에 콜레스테롤 등이 쌓여 죽상(粥狀)으로 막혀 가는 혈관, (오른쪽) 동맥경화증이 더 악화돼 죽상반이 터져 혈전(피딱지)이 생성된 혈관 (이미지 출처: 조선일보DB)

혈액이 미끄러지듯 빠르게 흘러간다.

결국 채소와 과일이 단순히 그 순간의 영양소를 공급하는 것을 넘어, 10대 후반부터 시작되는 혈관 노화를 초기 단계부터 억제하는 역할을 한다는 사실이 과학적으로 입증된 것이다. 그날그날 쌓이는 독소를 해독하고 염증의 원인을 씻어내는 것은 물론, 평생에 걸쳐 혈관 건강을 지키는 보험과도 같은 셈이다.

국내 방송에서도 자연식으로 암을 극복한 사례가 소개된 적이 있다. 의사 본인이 6개월 시한부 판정을 받은 뒤 항암과 방사선 치료 대신 자연식 위주의 식단과 녹즙 생활을 실천해 완치에 이른 사례였다. 방송에서 그가 녹즙을 짜 마시는 모습이 소개되었는데 그때 그가 사용한 기계가 바로 우리가 만든 엔젤녹즙기였다는

말기암 판정으로 6개월 시한부 선고를 받은 의사도 병을 이겨낸 비결로 녹즙을 소개했다.
(이미지 출처: 유튜브 '채널 아하'(채널A Health&Asset))

말기암을 이겨낸 의사가 실제 사용하는 엔젤녹즙기를 가져와 녹즙 만드는 법을 소개하고
있다. (이미지 출처: 유튜브 '채널 아하'(채널A Health&Asset))

사실에 묘한 감동과 책임감을 느꼈다.

사실 천연 치유란 특별한 것이 아니다. 식이요법, 규칙적인 운동, 충분한 휴식과 명상 같은 생활 전반을 통해 신체의 균형을 회복시키고 면역을 되살리는 방식이다. 현대 의학의 아버지라 불리는 히포크라테스도 질병은 인체의 자연적인 힘으로 극복되어야 한다고 여겼다고 한다. 그는 "음식으로 못 고치는 병은 약으로도 못 고친다"라는 명언을 남기기도 했다.

오늘날에도 수많은 전문가가 그 뜻을 이어가고 있다. 《How Not to Die》의 저자 마이클 그레거 박사(Michael Greger, M.D.)는 식물성 식단을 통해 만성 질환을 예방하고 삶의 질을 높일 수 있다고 강조한다. 하버드 의대 출신의 앤드류 와일(Andrew Weil, M.D.), 영양학 권위자인 콜린 캠벨(T. Colin Campbell, Ph.D.)을 비롯해 건강한 삶을 실천하는 여러 유명인 역시 천연 치유의 가치를 꾸준히 증언하고 있다.

우리는 이 모든 과학적 근거를 접하고 다시금 확신을 가졌다.

천연 치유는 신념을 넘어 충분히 증명 가능한 '의학적 대안'이라는 사실을.

생명을 짜내는 씨앗즙

우리가 추구하고 실천해 온 천연 치유의 핵심은 바로 '씨앗즙'이다. 흔히 씨앗은 곡물이나 향신료 정도로 여겨지지만, 우리의 눈에는 그것이 곧 '생명의 응축체'다. 뿌리도 잎도 아닌 모든 것을 품은 그 한 알 속에는 회복의 비밀이 들어있다.

생전에 남편은 '씨앗은 음식이 아니라 생명'이라고 늘 강조했다. 작은 씨앗 한 알이 싹을 틔우고 잎과 줄기를 키워 열매를 맺기까지의 전 과정은 그 자체로 하나님이 설계하신 자연의 이치라 했다. 그 생명력의 원천을 그대로 갈아 마실 수 있다면 그보다 더 근본적인 치유는 없다는 믿음이 있었다.

생식하는 동물들은 성인병이 거의 없다는 사실도 이를 뒷받침한다. 씨앗은 우리 몸에 필요한 단백질, 지방산, 미네랄은 물론이고 살아 있는 효소까지 담고 있는 천연의 보약이다. 그러나 그 모든 영양을 온전히 흡수하려면 기계의 힘을 빌려야 한다. 씨앗을 그냥 씹어 먹어서는 단단한 껍질 속 영양소를 다 활용할 수 없기 때문이다. 특히 홍화씨, 참깨, 메밀 같은 씨앗들은 크기가 작고 질겨서 일반 식사로는 충분히 섭취하기 어렵다.

이 점을 보완해 고안한 방식이 바로 '당근 베이스의 씨앗즙'이다. 당근은 즙을 내면 적당한 당도와 수분을 갖추고 있어 다른 재료를 감싸주는 훌륭한 매개체가 된다.

먼저 생당근을 갈아 나온 당근즙과 찌꺼기에 네 가지 생씨앗, 즉 홍화씨, 참깨, 메밀, 오트밀을 섞는다. 당근 찌꺼기는 수분을

천연치유칼럼
natural healing column

위대한 발견,
생(生)씨앗은
당근과 함께

「난치병 혁명」 저자, 한국천연치유협회장 / 이문현

남편은 씨앗즙이 천연 치유의 기본이자 핵심이라고 했다

씨앗즙

머금고 있어 즙만 사용할 때보다 훨씬 천천히 물이 흘러내린다. 덕분에 씨앗 속 깊숙한 영양소까지 고르게 우러나올 수 있다. 이렇게 짜낸 씨앗즙과 씨앗 갈아진 찌꺼기를 죽처럼 모두 섞어서 다시 갈아내면 진짜 걸쭉하고 진한 씨앗즙이 완성된다.

이 씨앗즙은 단순한 건강 음료가 아니다. 몸이 스스로 회복하고 치유하는 힘을 북돋아주는, 살아 있는 생명 재료다. 씨앗즙 한 컵에는 하루에 필요한 칼슘이 생식 형태로 고스란히 담겨 있으며 위에 부담도 적고 흡수도 빠르다.

나 역시 매일 아침과 점심에 한 컵씩, 하루 두 컵의 씨앗즙을 꾸준히 마셔왔다. 이 나이에도 칼슘 보충제 하나 없이 골다공증이나 관절이 튼튼한 것은 전적으로 이 습관 덕분이다.

천연 치유는 결국 자연이 설계한 회복의 리듬에 순응하는 일이다. 그리고 그 리듬의 시작은 단순한 약이나 식품이 아닌 씨앗 한 알에서 비롯된다. 우리는 매일 그 작은 씨앗을 짜 마시며 다시 살아갈 힘을 얻는다.

3. 먹는 것이 곧 치유다

가족으로 증명한 치유

천연 치유를 이야기할 때, 나는 늘 가족 이야기를 먼저 꺼낸다. 내가 사랑하는 사람들을 지켜낸 경험으로 천연 치유를 더욱 확신했기 때문이다. 남편의 협심증 치유 경험으로부터 시작된 믿음은 내 가족을 살리며 더욱 굳건해졌다. 내 가족에게조차 권하지 못할 일이라면 남에게도 권할 수 없다.

첫 번째는 딸의 이야기다.

미국에서 디자인 학교에 다니던 딸은 결혼을 석 달 앞두고 온몸에 건선이 생겼다. 그건 단순한 피부 트러블이 아니었다. 4년간 일주일에 서너 번씩 밤샘 작업에 시달린 탓에 면역력이 바닥을 치며 생긴 면역 질환이었다.

딸은 병원에서 강한 스테로이드 연고를 처방받았다. 바를 때는 증상이 나아지는 듯했지만, 연고를 끊자 오히려 두 배로 번져나갔다. 그렇게 세 번을 반복하는 동안 목에만 있던 건선이 결국 온몸을 뒤덮었다. 미국 유수의 병원 세 곳에서도 "빠른 회복은 어렵다"라는 절망적인 말만 들었다고 한다.

혼자 학교 다니면서 천연 치유를 하기가 힘들 것 같아 약으로 해결하려 했던 것이 패착이었다. 딸은 결국 절망적인 마음으로 남편에게 전화를 걸었다. 곧 드레스를 입어야 하는데 어떻게 하냐며 울먹이는데 나도 속이 타들어 갔다. 딸은 남편과 상담하며 단식 디톡스 프로그램을 진행했다. 현지에서 사람을 구해 매일 생즙을 준비해서 학교에 싸서 가지고 다니며 마셨고, 저녁에 집에 돌아오면 프로그램대로 관장을 하며 몸속을 비웠다.

그렇게 두 달을 계속하자 기적 같은 변화가 찾아왔다. 붉은 반점이 점점 옅어지더니 자취를 감추었고, 염증이 있던 자리는 새살이 돋아나 깨끗해진 것이다.

결혼식 날, 신부 드레스를 입은 딸의 피부는 빛났다. 8월의 따사로운 햇볕 아래에서도 홍조 하나 없이 밝고 투명했던 그 모습을 나는 지금도 잊지 못한다. 또 한 번 이론이 아닌 현실로 입증되었다.

바로 내 딸을 통해서 말이다.

두 번째는 안사돈의 이야기다.

사돈 내외는 미국에서 목회하셨는데, 어느 날 안사돈께서 극심한 배뇨통으로 하루에 무려 일흔 번씩이나 화장실을 가신다는 소식을 들었다. 횟수도 문제였지만, 소변이 조금만 차도 방광이 굳어버려 터질 것 같은 고통이 뒤따른다고 했다. 병원에서는 석회화된 방광을 잘라내는 수술이 유일한 방법이라고 했다. 수술 후에는 평생 허리에 주머니를 차고 지내야 한다는 말에 깜짝 놀랐다. 그 수술을 받기 위해 한국에 들어오신다는 말을 듣고 남편과 내가 천연 치유를 제안했다.

"수술부터 하지 말고, 두세 달만 저희와 함께 천연 치유를 해보시지요. 우리가 전부 돕겠습니다. 그래도 안 되면 그때 수술하셔도 늦지 않습니다."

딸과 사위가 휴가 때 한국에 들어오면 살도록 마련해 둔 아파트에 미국에서 오신 안사돈을 모셨다. 그곳에서 남편이 상담을 통해 안사돈에 맞게 프로그램을 짰다. 레몬, 오렌지, 사과, 케일, 민들레, 비트 등 다양한 재료로 각각 다른 즙을 짜서 시간에 맞추어 드렸다. 연약한 편이시라 에너지 소모를 막기 위해 당도가 높은 머루 쏘노노 함께 준비했다. 머루 포도는 득유의 신맛으로 식회 제거에도 탁월한 효능이 있었다. 제철이 지나면 구하기 어려우니 50상자를 한꺼번에 사서 큰 냉장고 두 대를 채워 넣었고, 그 많은 포도를 안사돈 혼자서 다 드셨다.

그렇게 석 달이 지나자, 변화가 나타나기 시작했다. 극심했던 배뇨통이 줄어들고, 하루에 일흔 번이 넘던 화장실 횟수는 열 번 정도로 줄었다. 검사 결과, 방광에 쌓였던 석회가 대부분 녹아내려 굳어졌던 방광이 다시 부드러워졌다고 한다.

천연 치유를 통해 수술 없이도 완벽하게 회복하신 것이다.

내 삶을 지키는 매일의 치유 밥상

매일 아침 식탁에 앉을 때마다 나는 참 감사한 마음이 든다. 남편의 병을 계기로 시작한 자연식은 점차 내 삶의 중심이 되었고, 지금 나를 가장 건강하게 지탱해 주는 힘이다. 내 식단은 소박하지만, 정성과 원칙이 깃들어 있다. 밥은 늘 최소한으로 준비하고, 순두부 한 그릇과 생미역에 쌈장을 곁들인다. 고구마, 양파, 방울토마토, 시금치, 상추 같은 채소도 함께 올린다.

나는 순두부를 끓일 때 다시마 물을 진하게 우려 사용하고, 잣을 넣어 고소한 맛을 더한다. 미역과 함께 먹는 쌈장은 시중의 간장 대신 내가 직접 만든 특별한 양념을 쓴다.

이 양념을 만드는 과정은 꽤 정성이 들어간다. 먼저 팔뚝 크기로 자른 다시마를 물 4컵에 넣고 8분간 끓인 후 건져낸다. 그 뜨거운 다시마 물에 다시 마른 다시마를 같은 크기로 잘라 넣고 1시간 반 동안 그냥 둔다. 두 번째 다시마는 끓이지 않아도 뜨거운 물에서 우러나면서 끈적하고 깊은 맛의 다시마 물을 만들어낸다.

여기에 나만의 비법이 더해진다. 파인애플 1/2개, 오렌지 1개, 사과 1개로 즙을 내어 끓인 후 식혀서 다시마 물과 섞는다. 이는 영양을 고려하기보다는 순전히 맛을 위해서다. 여기에 마늘과 생강을 찧어 넣고, 고춧가루는 김치 양념의 4분의 1 정도만 소량 넣는다.

이렇게 만든 양념 베이스는 작은 반찬통에 나누어 담아 냉동 보관한다. 1년 내내 쓸 수 있어 참 편리하다. 얼려도 도마 위에서 쉽게 썰어지기 때문에 필요할 때마다 꺼내어 사용한다.

실제로 양념을 완성할 때는 이 냉동 양념을 녹인 후 아보카도 3분의 1 정도를 으깨 넣고, 생잣 한 스푼을 찧어 넣는다. 여기에 꿀 작은 한 스푼, 소금 약간 더하면 내가 추구하는 건강하고 맛있는 양념이 완성된다.

이 양념은 채소나 생미역, 미역귀에 찍어 먹기에 좋다. 다른 생채소들을 이 양념에 무쳐서 상추쌈에 싸 먹는 것도 내가 즐기는 방법 중 하나다. 다만 한 가지 주의할 점이 있다. 아보카도와 잣이 들어간 양념장은 그날 먹을 양만 만들어야 한다는 것이다. 생아보카도가 들어가기 때문에 며칠 두고 먹으면 상할 수 있기 때문이다.

이렇게 지방은 아보카도로 보충하니 고소하고 담백하면서도 다른 음식 맛을 해치지 않으면서 건강에는 더없이 좋다. 나이가 들어가며 건강을 생각한 식습관이지만, 맛 또한 포기할 수 없어 고안해 낸 나만의 방법이다.

시금치는 데치지 않고 생으로 먹는다. 큰 잎은 녹즙에 넣고, 작은 잎과 붉은 빛이 도는 뿌리 쪽은 그냥 먹어도 단맛이 난다. 불을 쓰는 건 밥과 순두부뿐, 나머지는 모두 생식이다. 그래야 영양이 온전히 살아 있기 때문이다. 천연 치유는 살아 있는 음식을 먹는 데서 출발한다고 믿는다.

달걀도 아무것이나 그냥 먹지 않는다. 아주 오래전부터 시중 달걀은 멀리했다. 대신 청란, 푸른빛이 감도는 그 특별한 달걀을 사돈댁으로부터 받아먹는다. 맛도 식감도 다르다. 내 몸에 들어가는 음식이라면 더 건강하고 의미 있는 것으로 고르고 싶다.

내 식탁은 '제철'이라는 자연의 리듬을 따른다. 특히 머루 포도는 철 지난 후엔 구할 수 없기에 50상자 정도 사서 생즙을 짜 자동 포장기에 넣은 후 급냉시켜 1년 내내 생머루포도즙을 먹는다. 이렇게 1년 치 식재료를 제철에 맞춰 준비하려면 보관이 중요하다. 그래서 우리 집에는 냉장고만 다섯 대다. 김치냉장고 세 대엔 각각 채소, 과일, 해조류를 나눠 보관하고, 일반 냉장고 두 대는 일상 식재료와 녹즙 재료 등으로 채운다.

누군가에게는 과하다고 느껴질 수 있다. 하지만 내게 이 식생활은 평생을 건강하게 살기 위한 방식이자 가장 확실한 준비다. 건강은 하루아침에 만들어지지 않는다. 하루 세 번, 내 입에 들어가는 것을 어떻게 선택하느냐가 삶의 질을 결정한다.

내가 이렇게 먹는 이유는 단 하나다. 누구나 죽는 날이 오지만, 병원에 눕는 시기는 내가 관리할 수 있기 때문이다. 배를 채우기 위해서가 아니라 내 몸을 살리기 위해 먹는 것이다. 식탁 위에 올라오는 음식 하나하나가 나의 처방이고 내 선택이다. 그렇게 먹으면 몸이 알아서 반응한다.

사람들이 종종 묻는다.

"대표님, 식단을 어떻게 그렇게 꾸준히 잘 지키세요?"

"맛있으니까 먹죠. 맛있고 몸도 편하니 안 지킬 이유가 없지요."

천연 치유는 어려운 것이 아니다. 바르게 고른 재료로 정직하게 먹고 그것을 습관으로 만드는 것, 그게 전부다. 거창하지 않아도, 번거롭지 않아도, 내 삶을 건강하게 지키기엔 충분하다. 결국 사람은 먹는 대로 살아간다.

나는 내가 먹는 이 음식을 믿고, 그 믿음 속에서 오늘도 충만하다.

8장

남편의 철학,
천연건강교육원에 깃들다

　병든 남편을 살리고자 시작된 실천은 교육원 설립으로 이어졌다. 그 한결같은 신념 위에 지어진 이 공간은 남편이 평생 품어온 치유 철학과 믿음을 오롯이 품은 채 지금도 누군가의 마지막 희망이 되어주고 있다.
　이 장에서는 천연건강교육원이 어떻게 시작되었고, 어떤 철학과 선택들이 그 안을 채우고 있는지 이야기하려 한다.

치유의 공간을 세우다

남편은 처음 천연 치유를 접하고 공부하면서부터 이미 천연 치유를 위한 전용 공간을 꿈꿨다. 단순히 녹즙기 사업의 일환이 아닌, 오직 천연 치유만을 위한 독립적인 공간을 만들고 싶어 했다. 이건 그의 아주 오래되고 간절한 염원이었다.

그 꿈을 위해 남편은 사업을 하면서도 전국 곳곳을 다니며 적합한 자리를 찾아 헤맸다. 괜찮은 땅이나 건물을 발견하면 지도를 챙겨 매일 새벽 해운대 바닷가에 나가 기도했다.

"하나님, 이곳이 당신의 뜻에 맞는 곳인지 보여주세요. 많은 사람이 치유받을 수 있는 곳으로 인도해 주세요."

그렇게 몇 년을 계속했다. 바닷바람을 맞으며 새벽마다 드리는 기도 시간은 단순한 부동산 물색을 넘어, 하나님의 뜻을 구하는 신성한 과정이었다. 그러던 어느 날, 남편이 평소와 다른 확신에 찬 목소리로 말했다.

"논산에 폐교 건물이 경매로 나왔는데 건물과 땅의 생김새나 방향, 앞과 뒷산의 위치 등 모든 조건이 건강을 치유하기에 아주 적합하고 좋다. 드디어 기도에 응답을 주신 것 같다. 여기가 바로 내가 찾던 그 자리야."

남편이나 나나 아무 연고도 없는 논산이라니, 너무 멀고 낯설었다. 하지만 몇 년간의 전국 답사와 새벽 기도를 지켜봐 온 터라 그의 진심을 믿을 수밖에 없었다. 그의 표정에서 그토록 오랜 노력이 헛되지 않았음을 읽었다.

부창부수라고, 우리 둘 다 추진력이 좋아 망설이지 않았다. 폐교 건물을 보러 가니 의외로 장점이 많았다. 자연환경이 깨끗하고 조용하며 서울, 호남, 영남 어디든 접근이 쉬웠다. 연고가 없으면 어떠랴, 우리가 정착해서 길을 만들면 될 일이었다!

무엇보다 폐교 건물은 이미 틀이 갖춰져 있어 조금만 손보면 금세 활용이 가능했다. 교실들을 칸막이로 나눠 스무 칸의 독립된 방을 만들었다. 이렇게 해서 10여 년 전, 남편의 오랜 소망이 담긴 천연건강교육원이 중남 논산에 문을 열었다.

천연건강교육원이 문을 연 이후, 남편은 거의 그곳에서 살다시피 했다. 좀 더 좋은 시설을 갖추고, 프로그램을 정비하며, 운영 효율을 높이기 위해 온 힘을 기울였다.

하지만 시작은 늘 그렇듯 쉽지 않았다. 천연건강교육원을 열기는 했지만, 첫 2년은 완전히 적자였다. 환자야 너덧 명 오면 많이 오는 편이었고, 그마저도 들쭉날쭉했다. 유기농 재배 담당자, 조리원, 녹즙 담당자, 환자 돌보미까지 교육원이 돌아가는 데 필요한 인력은 다 갖췄지만, 수입은 턱없이 부족했다. 이윤은 고사하고 우리 부부 월급으로 적자를 메우기 급급했다.

엔젤녹즙기가 수출 덕분에 제법 자리 잡았다고는 해도 법인 자금을 함부로 가져다 쓸 수는 없었다. 결국 천연건강교육원에 들어가는 돈은 처음부터 끝까지 남편과 내 사비로 감당해야 했다. 우리 두 사람의 월급을 털고 가진 돈까지 보태 매달 1,500만 원씩 쏟아부으며 2년을 버텼다.

지금 생각해도 참 무모한 투자였지만, 단 한 번도 의심하지 않았다. 어쩌면 성과가 없을지도 모른다는 불안은 있었지만, 남편의 눈빛만큼은 언제나 확신으로 빛났기 때문이다. 불안하고 마음이 흔들릴 때면 남편을 믿으며 마음을 다잡았다. 적어도 남편의 진심이라는 건 알았으니까.

천연건강교육원 유튜브 채널을 열다

천연 치유와 교육원을 더 널리 알리고 기록으로 남기고자 유튜브 채널도 개설했다. 남편이 직접 건강, 식습관, 생활 습관 개선 등을 주제로 강의하는 영상들이 업로드되었다. 나는 너무 무리하는 것 같아 걱정스레 말했다.

"텔레비전에도 건강 프로그램 많은데 우리가 굳이 뭐 그런 것까지 해요?"

"건강 프로그램은 많지. 근데 그런 데선 천연 치유 이야기는 제대로 안 하잖아. 대부분 병원 이야기고, 광고가 끼인 것도 많고. 이런 방법도 있다는 것을 제대로 알려야 안 되겠나."

솔직히 이전부터 남편의 강의를 듣고 돌아가는 사람들의 표정이 달라지는 걸 보아 왔기에 더 말릴 수도 없었다. 이미 젊지 않은 나이에 결코 가볍지 않은 일정이었지만, 남편은 누군가의 희망을 얻는 그 순간에 모든 피로를 잊는 듯했다.

남편은 천연건강교육원의 개원과 함께 유튜브 채널을 개설하고 강의를 이어갔다. (이미지 출처: 천연건강교육원 유튜브 채널)

전환점은 유튜브였다. 처음엔 유튜브까지 하겠다는 남편의 말이 선뜻 이해가 가진 않았다. 하지만 지금 돌아보면 그 결정이 교육원을 살린 터닝포인트였다. 남편은 이미 그때, 천연 치유의 길을 세상과 나눌 방법까지 내다보고 있었다.

오프라인 강의는 아무리 열심히 해도 듣는 사람이 제한적일 수밖에 없다. 그래서 남편은 더 많은 이에게 천연 치유의 원리와 실제 사례를 알리고자 영상을 만들기 시작했다. 초기에는 반응이 미미했지만, 그의 강의는 꾸준히 업로드되었고 조금씩 입소문을 타기 시작했다.

사람들은 남편의 유튜브 강의를 통해 천연 치유라는 개념을 접하고 점차 관심을 가지기 시작했다. 그러다 아예 직접 우리 천연건강교육원에 입소해 프로그램을 체험하길 원하는 이들이 하나둘 생겨났다. 대부분 약을 5년, 10년 먹어도 차도가 없던 만성 환자들이었다.

많을 때는 한 달에 40명 넘게 찾아오는 날도 있었다. 남편은 상담하고, 강의하고, 입소자들의 식이와 생활까지 직접 챙기느라 분주했다. 몸은 힘들었지만, 얼굴은 더없이 환했다. 입소 문의는 점점 늘어났고, 어느 순간부터는 방이 부족해 대기 명단까지 생겼다. 4~5년쯤 지나자 운영도 안정화되었고, 드디어 수지가 맞기 시작했다. 비로소 '사람을 살리는 길'이 우리 손에 닿기 시작한 순간이었다.

처음에는 정말 힘들었지만, 교육원에서 천연 치유를 통해 건강을 되찾은 분들을 뵐 때마다 모든 고생이 보람으로 바뀐다. 병원에서 포기된 암 환자들이 이곳에서 차츰 몸을 회복하는 모습을 보면, 남편의 선택이 옳았다는 것을 다시 한번 확신하게 된다. "아픈 사람을 살리는 천연건강교육원을 만들어주어 고맙다"라는 인사를 들을 때면 힘들었던 시절은 잊히고 감사함과 뿌듯함만 남는다. 남편에게 천연건강교육원은 그가 평생 해 온 공부, 그리고 아픈 사람들을 살리고픈 간절한 마음이 담긴 실천의 결정체였다.

함께 걸은 길, 나의 몫

천연건강교육원이 문을 열었을 때, 나도 참 기뻤다. 남편의 평생 숙원이 실현되는 순간이었고, 그토록 바라던 치유의 집이 세워지는 일이었으니까. 그런데 막상 교육원이 본격적으로 돌아가기 시작하자 전혀 예상치 못한 상황이 벌어졌다. 남편이 내가 생각했던 것보다 훨씬 깊이 그 일에 빠져버린 것이다.

남편은 틈만 나면 논산 교육원에 가 있거나, 서울로 강의와 상담을 다녀왔다. 일주일에 5일은 자리를 비웠고 그때마다 내게 "당신이 수고 좀 해라"라고 말했다. 그런데 정신을 차리고 보니 신제품 개발부터 수출 대응, 공장 관리와 직원 챙기는 일까지 모두 내 몫이 되어 있었다.

혼자 회사 일을 보려니 벅찰 때도 많았다. 천연 치유에 대한 남편의 철학과 의지를 잘 알지만, 그런 걸 다 알면서도 한숨이 나오지 않았다고 하면 거짓말이다. 내가 가끔 한마디라도 불만을 이야기하면 남편은 "당신이 알아서 잘하잖아"라는 말로 쓱 빠져나가곤 했다. 그럴수록 나는 더 깊이 일에 몰두했고 자연스럽게 더 강해질 수밖에 없었다.

자의 반 타의 반으로 나는 어느새 회사의 얼굴이 되어 있었다. 남편이 천연 치유에 몰두한 덕분에 나는 엔젤녹즙기의 대표이사로서 박람회나 무역전시회 같은 행사에도 자주 참석하게 되었고, 지자체나 정부 유관기관이 주관하는 수출상 시상식에도 대표 자격으로 나갔다. 여성 기업인으로 불리며 여기저기 대외 활동도 꾸준히 했다. 그러다 보니 회사 안에서뿐 아니라 밖에서도 '대표님'이라는 호칭이 자연스러워졌고, 나도 모르게 그 자리에 걸맞은 역할을 해내고 있었다.

돌아보면 남편이 천연 치유 전파에 몰입한 만큼, 나는 나대로 엔젤녹즙기를 중심으로 한 사업을 더 단단하게 다져갔다. 사실 녹즙기와 천연 치유는 따로가 아니라 결국 한 줄기로 이어진 일이기도 하다. 그 큰 줄기 아래에서 서로 향한 길은 달랐지만, 각자 의미 있는 방향으로 묵묵히 성장해 나갔다.

은 천연 치유 전파에 몰두하고, 나는 엔젤녹즙기의 대표로서 열과 성을 다했다. 그 당시 우리 부부는 각자의

게서 최선을 다하며 살았다

덕분에 회사도 교육원도 자기 자리를 지키며 제 몫을 해낼 수 있었다.

이제 와서 보니 그런 생각이 든다. 이 일은 남편이 시작했을지 몰라도 그걸 현실로 만든 건 결국 우리 둘이었다. 그가 뜻을 세웠다면 나는 실행했고, 그가 바깥을 향해 말했다면, 나는 안을 지켰다. 누가 먼저고 누가 뒤인 건 중요하지 않았다. 우리는 각자의 자리에서 자기 몫을 해낸 것이다.

돈을 보고 시작한 일은 아니었다. 당시엔 적자였고, 앞날도 불확실했다. 그래도 우리는 일단 시작했고, 해볼 만큼 해봤다. 남편이 먼저 말 꺼냈지만, 나 아니면 실행까지 이어지긴 어려웠을 거다. 사람 살리는 일이라니까, 나는 그냥 내 시간과 돈, 이름까지 걸었다. 누가 하라 해서 한 것도 아니고, 계산기를 두드려가며 한 일도 아니다. 그냥 그때 내가 옳다고 생각한 방향이었고, 내가 할 수 있는 방식대로 했을 뿐이다.

지금도 천연건강교육원을 찾을 때면 항상 묘한 기분이다. 그곳은 남편의 철학이 숨 쉬는 공간이자, 내 실행력과 뚝심이 뒷받침되어 만들어진 결과물이다. 그래서 그 공간에 설 때마다 말할 수 없는 자부심이 밀려온다. 그곳은 단순한 시설이 아니다. 우리 둘이 각자의 방식으로 걸어온 시간, 그 시간들이 엉켜 만들어낸 우리만의 길이다.

병이 아니라 삶을 보는 눈

충남 논산에 자리한 우리 천연건강교육원은 약이나 시술 없이 식이요법과 생활 습관 개선을 통해 몸의 자연 치유력을 회복하는 곳이다. 매일 정교하게 짜인 프로그램을 따라 먹고, 마시고, 걷고, 배우는 이곳에서는 병보다 '삶'을 먼저 들여다본다.

교육원을 시작할 때, 남편은 "병만 봐서는 안 된다"라고 강조했다. 뭘 잘못 먹고, 어떻게 살았는지, 평소에 얼마나 몸을 돌봤는지, 그런 걸 다 같이 봐야 진짜 치유가 된다고 했다. 병이라는 것은 결국 삶이 만든 결과니까, 살아온 방식이 몸에 흔적을 남긴 거니까, 고치려면 삶부터 다시 봐야 하는 거였다.

그래서 우리 교육원에서는 수치 하나만 보고 판단하지 않는다. 혈압이 몇이고 당수치가 얼마인지도 물론 중요하지만, 그보다 더 중요한 건 '왜 그 수치가 나왔는가?'이다. 그 부분을 본인이 이해하고, 스스로 고쳐야 할 부분을 인지해야 진짜 변화가 시작된다. 아무리 좋은 프로그램이 있어도 병을 불러온 삶의 방식이 바뀌지 않으면 아무 소용도 없다.

나는 천연 치유가 기적이 아니라고 생각한다. 원리를 배우고 그대로 실천하면 결과가 따라오는 합리적인 과정이다. 어떻게 보면 상당히 단순하다. 먹는 것, 자는 것, 걷는 것, 마음 쓰는 것, 이 네 가지만 바꿔도 몸이 달라진다. 나는 그 변화를 아주 오래전부터 지켜봐 온 사람이다.

그래서 나는 늘 말한다. 병만 보지 말고 삶을 보라고. 약도 병원도 필요하지만, 결국 그 몸은 내가 돌봐야 한다. 살려달라고 외치기 전에 내 삶부터 되돌아보자. 그게 우리 천연건강교육원의 철학이고, 남편과 내가 평생 지켜온 생각이다.

천연건강교육원의 하루는 아침 6시 20분 기상으로 시작된다. 이후 수족 테라피, 산책, 운동, 강의, 관장까지 촘촘하게 짜인 일정이 이어진다. 하루에 환자 상태에 맞춰 처방된 디톡스 즙을 마시고, 그동안 잘못된 식이 습관으로 오염된 속을 깨끗이 비우는 과정을 거친다. 그동안의 생활과는 완전히 다르게 지내는 것이다.

처음 입소하는 분은 다소 당황할 수 있다. 나처럼 오랫동안 자연식과 즙을 가까이했던 사람이 아니라면 당연한 일이다. 하지만 이상하게도 시간이 지나면 몸이 먼저 반응한다. 부기가 빠지고, 피부가 맑아지고, 눈이 또렷해진다.

자리한 천연건강교육원 전경

입소 첫날에 스케줄표를 보고 '이걸 전부 다 한다고?'라고 생각했던 분들도 며칠만 지나면 다들 "몸이 훨씬 가벼워졌다"라고 입을 모은다. 그제야 마음도 따라온다. 내 몸이 달라지고 있다는 사실을 몸소 느끼게 되면 비로소 고치고 싶은 의지가 생기는 법이다.

그 변화가 단순히 몸에만 그치지 않기를 바란다. 일시적인 회복이나 숫자상의 개선이 아니라 삶을 돌이켜보고 스스로 다잡는 계기가 되어야 한다. 내 몸을 내가 돌보는 책임감, 내 건강을 다시 설계해 보겠다는 결심, 그 마음이 자리를 잡아야 진짜 변화가 시작된다.

그래서 천연건강교육원은 단지 건강을 되찾는 곳이 아니다.

새로운 삶의 방식을 배우고 실천하는 공간이자 삶을 바꾸는 출발점이다.

세 끼보다 중요한 한 잔

우리 몸을 자동차에 비유하면 이해가 쉽다. 휘발유 차에 경유를 넣으면 곧바로 고장이 나듯, 사람의 몸에도 맞는 연료가 있다. 하나님이 사람을 만드시고 먹으라 하신 음식이 바로 그 휘발유다. 하지만 대부분은 어떤 음식이 경유인지, 즉 하나님이 먹지 말라 하신 음식이 무엇인지 배우지 못한 채 살아간다.

여기서 말하는 경유란 화학조미료, 정제 식품, 기름진 음식 같은 것이다. 우리가 천연건강교육원에서 하려는 건 몸에서 경유 찌꺼기를 전부 걷어내고 좋은 휘발유를 넣어주어 제대로 달리게 하는 일이다. 그 첫걸음이 바로 디톡스고, 진정한 디톡스는 생즙에서 시작된다.

천연건강교육원에서 운영하는 프로그램의 핵심은 하루 14잔의 디톡스 즙이다. 우리는 세 끼 밥보다 한 잔의 생즙을 더 중요하게 여긴다. 집중 해독 기간에는 밥을 아예 끊고 즙만으로 버틴다. 깜짝 놀라 "아니, 가뜩이나 몸이 안 좋아 들어왔는데 밥을 안 먹고 어떻게 버팁니까?"라는 분들도 종종 있지만, 막상 해보면 다르다.

1시간 간격으로 생즙을 마시면 위장이 쉴 수 있고, 간은 독소를 배출할 시간을 벌게 된다. 그러면 염증이 가라앉고, 면역력이 깨어난다. 처음에는 "도저히 못 마시겠다"라면서 억지로 꾸역꾸역 넘기던 분들도 며칠 지나면 제일 먼저 즙부터 찾는다. 몸이 먼저 기억하는 것이다.

입소자들의 피검사 결과나 혈색 사진을 보면 변화가 분명하다. 탁하던 얼굴이 맑아지고 부기가 빠지며 손발이 따뜻해진다. 생즙은 단지 갈아 마시는 채소가 아니라 몸을 새로 짜 맞추는 연료 같은 것이다.

무엇보다 중요한 건 이것이 단발성 프로그램이 아니라는 점이다. 퇴소 후에도 회복식과 홈 디톡스, 맞춤 컨설팅으로 이어진다. 어떤 분은 매달 즙을 배달받아 집에서 꾸준히 실천하고, 또 어떤 분은 가족 식단까지 바꾸기 위해 힐링푸드 클래스를 듣는다.

병이 하루아침에 찾아오지 않듯, 건강을 되찾는 일 역시 꾸준함이 필요하다. 하지만 무너진 삶의 리듬을 다시 세우는 첫걸음은 의외로 간단할 수 있다. 바로 하루 14잔의 디톡스 즙으로 몸을 깨우는 것이다. 우리의 몸은 매일 먹는 음식으로 새로운 피와 세포를 만든다. 건강한 몸을 가지려면 건강한 피와 세포가 필요하고, 이는 곧 우리가 무엇을 먹는지에 달려 있다.

내 몸을 망가뜨린 식사 대신, 몸을 살리는 한 잔으로 시작하는 것. 그것이 바로 우리가 이야기하는 천연 치유의 시작이다.

천연 치유의 철학, 내 몸으로 증명하다

사실 나도 당뇨 환자였다. 수년 전, 수술을 앞두고 받은 혈당 검사에서 수치가 180이 넘었다. 병원에서는 약으로 수치를 낮추고 오라 했고, 그제야 상황이 심각하다는 걸 실감했다.

그 무렵 나는 이미 오래전부터 자연식을 해오고, 하루 6잔씩 생즙도 꾸준히 마시고 있었다. "먹는 거야 이미 알아서 잘하고 있으니, 집에서 약 먹으며 관리하겠다"라고 했지만, 자식들은 하루라도 빨리 논산 교육원으로 가라고 재촉했다. 하지만 내 방식대로 충분히 실천하고 있고 회사 일에 지장도 주기 싫은 마음에 솔직히 굳이 가야 하나 싶었다.

그때 사위가 건넨 단호한 한마디가 지금도 기억에 남는다. 그는 현재 작고한 남편의 뒤를 이어 천연건강교육원을 책임지고 있는 김병재 박사다.

"제대로 회복하시려면 몸을 근본적으로 치유하셔야죠. 혼자서는 아무래도 한계가 있고 꾸준히 안 됩니다. 중간에 한두 번 안 하고 그러면 효과가 없어요. 교육원에 오셔서 제대로 체계적으로 관리받으시는 게 가장 확실해요.

"결국 나는 논산으로 향했다. 김병재 박사와 개인 상담을 하고 그 내용에 맞춰 제공되는 디톡스 즙을 마셨다. 장 청소, 생식, 운동, 해독 등으로 이루어진 3주 단위 프로그램을 넉 달 동안 반복했다. 꾸준히 해오던 일이라도 강도가 달라지니 역시 몸이 먼저 반응하기 시작했다. 손바닥에 혈색이 돌고 발끝까지 따뜻해졌다.

그 과정에서 지금도 인상 깊게 남은 장면이 있다. 혈액 한 방울을 현미경으로 들여다봤을 때였다. 입소 초기, 같은 방식으로 본 내 피는 탁했다. 까맣게 뭉친 점 같은 입자들이 둥둥 떠 있었으며 빈 공간도 많았다. 그런데 석 달쯤 지나 다시 들여다보니 피의 밀도와 색이 확연히 달라져 있었다.

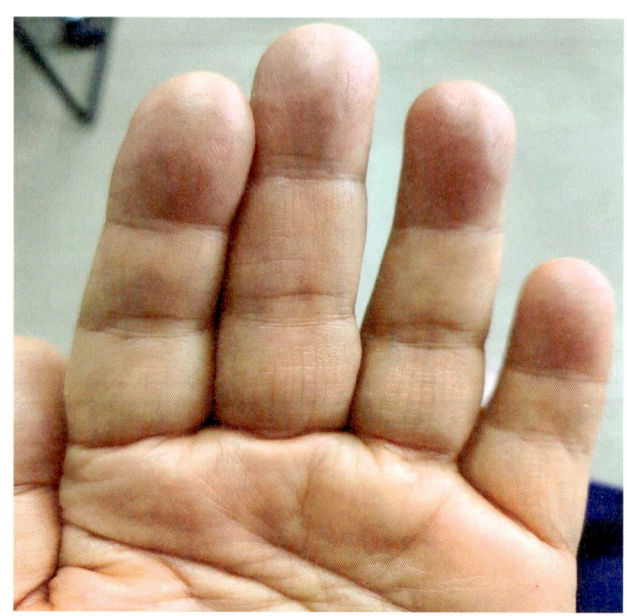

천연 치유 전과 후의 손 혈색 사진. 창백하던 손에 혈색이 돌고, 온기가
생겼다. ▲ ▼

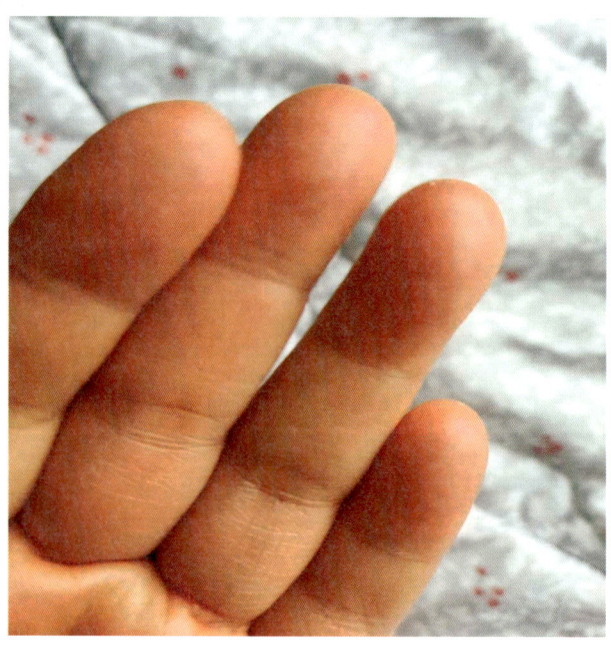

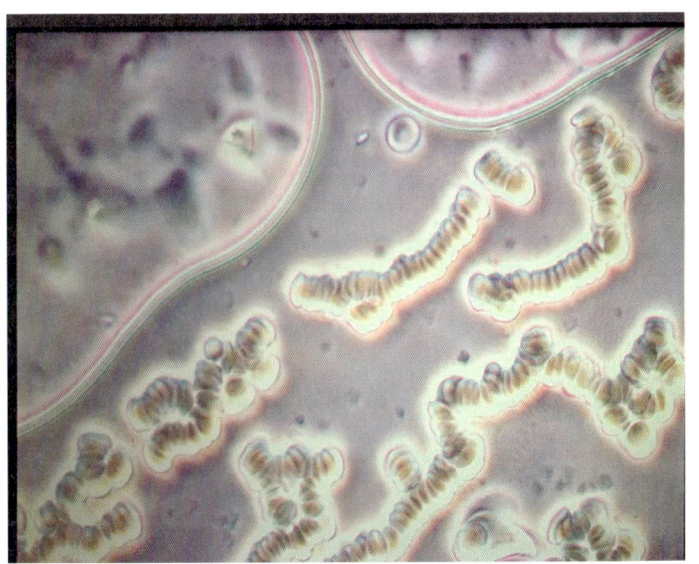

천연 치유 전과 후의 혈액 입자 사진. 교육원에 있는 동안 새로운 피가 많이
생산되어 밀도가 확연히 다르다 ▲ ▼

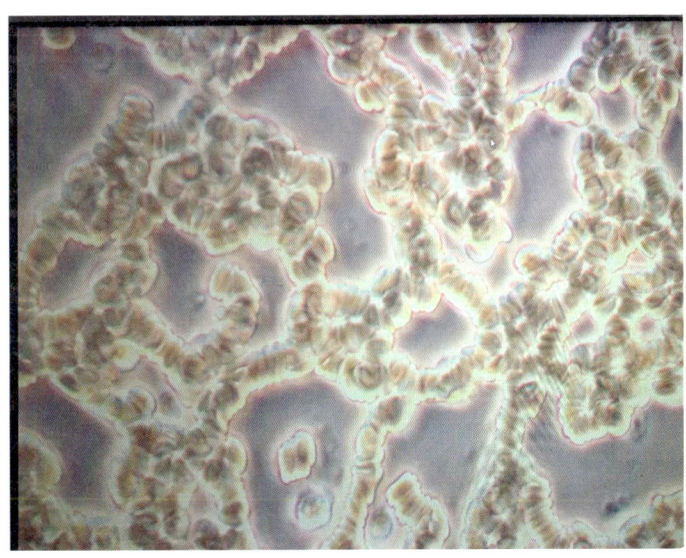

새로운 피가 3배나 많이 생산된 것이다. 내 몸이 안에서부터 바뀌고 있다는 걸 눈으로 직접 확인한 순간이었다.

그 모든 과정을 거치고 나서야 나는 알게 됐다. 자연식과 생즙, 그 단순한 실천이 내 몸은 물론이고 내 생각까지 바꿨다는 걸. 약 한 알 먹지 않았지만 혈당은 안정됐고, 무엇보다 내 몸이 스스로 회복할 수 있다는 사실이 믿어지기 시작했다.

그 경험을 통해 나는 환자이자 참여자의 눈으로 우리 교육원의 시스템이 얼마나 정교하고 실용적인지 확신할 수 있었다. 그 치유의 경험은 내가 천연건강교육원을 더 믿고 지지하며, 많은 분에게 자신 있게 권하는 이유가 되었다.

나는 여전히 매일 생즙을 짜고, 누군가의 회복을 지켜보며 또 다른 나를 만난다. 그래서 나는 말할 수 있다.

"나도 환자였고, 지금은 증인입니다."

선택의 힘, 회복의 길을 열다

지금 천연건강교육원에는 참 많은 분들이 찾아오신다. 그만큼 사연도 다양하다.

파킨슨병을 앓던 한 미국의 은퇴 목사 사모님은 처음 입소하셨을 때 혼자 계단도 오르지 못하셨다. 그분은 6년 전, 79세의 나이로 먼 미국에서 오시기 쉽지 않은 상황에도 여러 차례 프로그램에 참여하셨고, 3주 해독 프로그램을 두 차례 거치면서 눈에 띄게 회복되었다. 현재 85세가 된 지금도 증상 없이 건강하게 지내고 계시다는 소식을, 그 사모님과 같은 교회를 다니는 내 손자를 통해 들을 수 있었다.

내 친언니도 같은 달에 그 사모님과 함께 교육원에 입소했다. 두 분 모두 손발이 심하게 떨려 계단을 오를 때는 부축이 필요했지만, 2주 후에는 혼자 계단을 오를 수 있을 만큼 회복되셔서 무척 기뻐하셨다. 이후 두 분은 무사히 3주 프로그램을 마치고 미국으로 돌아가셨다.

우리는 교육원에서 배운 대로 계속 실천하시라고 당부했다. 이후 사모님은 목사님과 함께 열심히 배운 대로 생활했다. 반면에 언니는 "귀찮다"라며 우리가 일러준 식단과 생활 습관을 따르지 않고 약만 계속 복용했다고 한다.

그로부터 1년 후, 두 분은 약속도 하지 않았는데 같은 달에 다시 교육원에 오셨다. 그때 언니는 처음보다 증상이 더 심해져 손발은 물론 머리까지 떨고 있었다. 반면 사모님은 손발은 떨지 않고, 머리만 간혹 흔들릴 뿐이었다. 당시 사모님이 79세, 언니가 74세였으니 언니가 다섯 살이나 더 젊었지만 오히려 상태는 더 나빠진 것이었다.

안타까웠던 나는 언니에게 아예 교육원에 2~3년 살라고 했다. 형부가 돌아가시고 나서도 연금이 매달 300만 원은 나오니 반은 생활비, 반은 저축하시라며, 재료비도 안 되는 일반 환자 절반도 못 되는 비용으로 지내시라고 권했다. 동생이 이런 교육원을 하는데 언니가 집에 가서는 전혀 실천하지 않으려 하니 어쩔 수 없었다. 하지만 언니는 말이 없었다. 자기보다 나이 많은 사모님이 훨씬 좋아진 것을 보고도 본인이 하기를 원하지 않은 것이다. 그 후로 3년이 채 되지 않아 언니는 온몸이 오그라들고, 혼자서는 침대에 눕지도 일어나지도 못하는 상태로 세상을 떠났다.

반면에 사모님은 지금 여든다섯이 넘은 지금도 교회에 잘 다니고 계신다고 한다. 미국에서 의대 간호학과에 다니는 내 손녀가 같은 교회에 다니기에 가끔 소식을 듣는다.

이 일을 통해 나는, 아무리 좋은 방법이라도 본인이 선택하지 않으면 결코 회복으로 이어지지 않는다는 사실을 깊이 깨달았다.

치유는 누가 대신할 수 없다

교육원을 찾는 분들 중에는 사연만큼이나 회복 과정도 인상적인 경우가 많다.

조현병으로 고통스러워하던 한 젊은 여성은 처음 입소했을 때, 눈빛이 흐리고 반응도 없었다. 그런데 석 달쯤 지나자 완전히 달라졌다. 한때는 엄마를 해치려 했던 아이가 이제는 엄마와 나란히 사진을 찍을 수 있을 만큼 밝아졌다.

또 65세 남자 환자는 시야가 흐릿해 앞이 잘 보이지 않는 상태로 입소했다. 그는 프로그램을 두 차례 이수한 뒤부터 시력이 점차 돌아오기 시작했고, 지금은 큰 불편 없이 일상생활을 하고 있다.

프로그램을 마치고 돌아간 분들이 홈페이지에 남긴 후기들을 보면 그 변화는 더욱 다양하고도 극적이다.

"프로그램을 세 번 이수 후, 암이 작아졌어요."

"대장암 3기였던 제가 이렇게 변했습니다."

"협심증이 수술 없이 해결되고 3층 계단도 숨이 차지 않아요."

"퇴행성 관절염이 나아져서 이제는 뛸 수 있게 됐습니다."

나는 이런 후기들을 볼 때마다 고개가 끄덕여진다. 이분들 모두 공통점이 있다. 절박했고, 그랬기에 스스로 선택해서 끝까지 실천했다는 점이다. 누가 하라고 해서가 아니라 스스로 마음먹고 전적으로 실천한 결과다. 바로 그 차이가 결과를 만든다.

하지만 모든 이가 그런 건 아니다. 교육원에 오는 분 중에는 가족의 손에 이끌려 오는 경우도 적지 않다.

"우리 엄마 좀 살려주세요."

"제 아내 좀 고쳐주세요."

울먹이는 가족들을 보면 안타깝지만, 정작 당사자는 마음의 준비도 실천 의지도 없는 경우가 종종 있다. 천연 치유는 누가 대신해 줄 수 있는 게 아니다. 치유의 시작은 오직 본인의 의지다. 아무리 가까운 가족이라도 대신 살아줄 수 없고, 대신 회복해 줄 수도 없다.

경제적인 이유로 망설이는 분들도 있다. 얼마 전 한 분이 내게 이런 말을 했다.

"암 환자라 가고는 싶지만, 돈이 너무 드는 것 같아서요. 가족들한테 미안해서……."

나는 그분께 조용히 물었다.

"프로그램 이수하는 데 돈이 들면 얼마나 들겠습니까? 그 돈보다 자기 몸이 덜 소중하다고 생각하세요?"

결국 돈이 아니라 용기의 문제다.

나는 확신한다. 사업뿐 아니라 건강도 결국 본인의 선택에서 비롯된다. 아무리 좋은 방법도 본인이 의지를 가지고 움직여 실천하지 않으면 아무 변화도 없다. 감동적인 사례를 들려줘도 듣는 사람이 마음을 열지 않으면 아무 소용 없다. 결국 변화를 선택하느냐, 하지 않느냐, 그 차이다.

오늘도 선택의 문턱에서 누군가는 변화를 선택하고 누군가는 망설인다. 회복은 누구에게나 가능하다. 다만 선택은 본인의 몫이다.

그 단순한 진실을 받아들이지 않으면 어떤 기적도 일어나지 않는다.

치유의 철학, 이어가다

천연건강교육원은 남편이 오랫동안 갈고닦은 치유의 길로 통하는 곳이다. 남편은 건강에 대한 진지한 물음에서 시작해, 천연치유를 일종의 신념이자 철학으로 발전시켰다. 그 철학과 신념은 남편의 생이 끝난 뒤에도 조용히, 그러나 분명하게 이어지고 있다.

현재 천연건강교육원의 센터장은 내 사위다. 의학과 연구에 오래 몸담아온 그는 미국 하버드대학병원에서 근무한 의사로 어쩌면 남편이 걸어온 길과는 결이 다를 수 있다.

그러나 우리 가족과 꾸준히 교류하면서 남편의 방식에 담긴 진심과 효과를 천천히 이해하게 되었다. 특히 본인의 어머니께서 식이요법과 생활 치유법을 실천해 지병을 극복하는 모습을 목격한 뒤, 사위는 이 길에 대해 진지하게 다시 생각하게 되었다. 단순한 관심을 넘어, 삶을 향한 새로운 시선으로 받아들이기 시작한 것이다. 그리고 어느 순간부터 그는 이 길을 '자신의 일'로 받아들이게 되었다.

지금 사위는 천연건강교육원 센터장으로서 입소자들을 일일이 상담하고, 프로그램을 직접 점검하며, 연구와 기록에도 정성을

남편이 떠난 후, 딸과 사위가 그 뜻을 이어가고 있다

들이고 있다. 남편이 하던 대로 오프라인 강의를 이어가는 것은
물론, 유튜브 채널에도 식이요법과 건강 회복 사례, 생활 실천
관련 영상을 꾸준히 올려 더 많은 이들에게 도움을 주고 있다.

딸 역시 이 길을 함께 걷고 있다. 교육원의 전반적인 관리와
경영을 책임지며 든든한 기둥이 되어주고 있다. 사위가 센터장으
로 외부와 마주하는 동안, 딸은 운영 전반을 세심하게 뒷받침하고
있는 셈이다. 딸 부부가 누구보다 성실하게 천연건강교육원의
철학을 지켜 가려 애쓰는 모습을 보면 마음이 그렇게 든든할
수가 없다.

무엇보다도 교육원 고유의 정체성과 남편의 뜻을 잊지 않고

존중하려는 태도에 늘 고맙다. 철학이 이어진다는 건 생각을 그대로 따르는 게 아니라, 그 뜻을 이해하고 삶으로 실천하는 일이다. 남편이 걸었던 길을 지금은 딸 부부가 자기 몫으로 걸어가고 있다.

남편이 남긴 길을 이제는 딸과 사위가 그렇게 이어가고 있다는 사실이 나에게는 무엇보다 큰 위로다. 나는 그저 멀리서 지켜보며, 필요한 만큼만 거들고, 조용히 응원하고 있다. 지켜보는 것만으로도 마음이 놓인다.

4부

내 삶의 방식, 내 인생의 법칙

9장

늦복이 터진 삶,
나만의 자산 증식법

그저 일을 할 공간이 필요해 공장을 사고, 더 나은 곳을 향해 한 걸음씩 나아가고, 지붕 위에 패널을 올리고, 그렇게 하나씩 해나갔다. 그랬더니 어느새 그 공간들이 회사를 지탱하고, 내 삶을 지지하는 든든한 기반이 되어 있었다. 누구는 내가 운이 좋았다고 하고, 누구는 부동산으로 돈을 벌었다고도 말한다. 하지만 내가 한 일은 단순했다. 눈앞에 주어진 공간과 기회를 그냥 지나치지 않은 것, 그뿐이다.

자산은 언제나 큰 꿈에서만 시작되는 게 아니다. 지금 가진 것을 다르게 보고 다르게 쓰는 힘, 바로 그 힘이 결국 내 삶에 복이 되었다.

하나님이 준비하신 전화 한 통

미국에서 돌아온 후, 우리가 자리 잡은 곳은 사상공단이었다. 보증금 1억에 월세 400만 원으로 12년 동안 한 자리를 지키며 꾸준히 임대해 써왔다. 그런데 어느 날 공장이 팔렸으니 나가달라는 통보를 받았다. 처음에는 너무도 당황스러웠다. 임대였지만, 그래도 그 공장에서만 10년 넘게 지냈기에 '우리 공장'이라는 애착이 깊었던 곳이었기 때문이다.

돌이켜보면 그 공간은 우리 대표 상품인 엔젤녹즙기가 탄생하고 해외 수출의 물꼬가 처음으로 트였던 참 고마운 자리였다. 그런 곳을 떠나 다른 자리를 찾아야 한다니, 아쉽기도 하고 막막하기도 했다. 다만 한번 퇴거 통보를 받아보니 또다시 세를 얻기보다는 진짜 우리 공장을 갖는 것이 낫겠다는 생각이 들었다. 조금 작고 불편하더라도 우리 이름으로 된 공장을 가지고 싶었다.

문제는 돈이었다. 손에 쥔 거라고는 보증금 1억 원이 전부였다. 1억으로 어떻게 공장을 산단 말인가? 어디를 둘러봐도 매매가는 하늘처럼 여겨졌다. 사방이 막힌 듯한 심정이었지만, 나는 그 상황을 외면하지 않고 현실 그대로 받아들였다.

'지금 이 타이밍에 공장을 사지 않으면 계속 셋방살이로 떠돌게 될지도 몰라. 빚을 내서라도 꼭 사야 해.'

물론 빚을 낸다고 해도 한계는 있었다. 감당할 수 있는 곳을 찾다 보니, 점점 외곽으로 밀려나 결국 낙동강 끝자락 신평이란 곳에 있는 작은 공장까지 가게 되었다. 위치도 애매하고 크기도 작았지만, 지금 당장 이사를 해야 하는 상황에서 현실적으로 매입 가능한 거의 유일한 선택지였다.

매매가는 33억. 우선 31억까지 흥정을 해두었다. 문제는 이제 진짜 돈을 마련해야 한다는 것이었다. 어떻게 해야 할까. 남편과 내가 할 수 있는 건 정말이지 기도뿐이었다. 길이 없다면 하늘이라도 열리기를 바라며 우리는 간절히 기도했다.

그러던 어느 날, 뜻밖의 전화 한 통이 걸려 왔다.

"수출보험공사입니다. 얼마 전에 영국에 첫 수출하셨지요?"

"네, 그런데요?"

"저희가 수출 기업 장려를 위해 자금을 2억까지 보증해 드리는 제도가 있습니다. 관심이 있으시면 신청 서류를 보내드리겠습니다."

이게 웬일인가. 정말 하나님이 도우신 것 아니고는 설명이 안 되었다. 눈을 씻고 찾아봐도 어디서 돈 나올 데가 없던 그때, 이렇게 딱 맞춰 들어온 기회라니! 나는 직감적으로 이것이 절대 놓쳐서는 안 될 기회라는 걸 알았다.

그 보증 2억에 원래 갖고 있던 보증금 1억까지 하면 총 3억, 여기에 은행 대출을 더 하면 어쩌면 가능할지도 모른다는 생각이 들었다. 그다음은 실행의 문제였다. 부지런히 발로 뛰어 은행 대출로 매매가의 80%를 충당하고, 부족한 자금은 운영자금까지 끌어와 결국 공장 매입을 성사시켰다. 가진 돈은 매매가의 10%도 안 되는 상황에서 '어떻게든 되게 만든' 그 한 걸음의 결단이었다.

지금 생각해 보면 참 기막히게 맞아떨어진 일이었다. 그때 용기 내어 실행할 수 있었던 것 자체가 하나님이 예비하신 길이었다. 결국 그 실행이 우리 엔젤의 첫 부동산 자산을 만들어주는 결정적인 순간이 되었다.

처음 생긴 우리 공장, 그러나.....

신평에 새로 마련한 우리 공장은 겉보기엔 그럴듯해 보였다. 공장 두 동이 붙어 있어 구조도 나쁘지 않았다. 무엇보다 그 시점에 우리가 감당할 수 있는 유일한 매매 대상이기도 했다. 내내 세를 얻어서 하다가 우리 이름으로 된 공장이 생기니 설레고 뿌듯한 마음이 컸던 것도 사실이다. 하지만 막상 운영해 보니 아쉬운 점들이 서서히 눈에 들어왔다.

무엇보다 규모가 작았다. 두 동이지만, 우리 작업 인원과 기계를 다 들여놓기에도 빠듯했고 동선도 매끄럽지 않았다. 남는 공간이 없다 보니 당연히 임대 수익을 기대할 수도 없었다. 애초에 '당장 매입 가능한 곳'이라는 조건에서 고른 자리였기에 공장 운영에 적합한지를 꼼꼼히 따져볼 여유는 없었던 것이다.

가장 뼈아팠던 건 사람 문제였다. 신평이라는 곳은 낙동강 끝자락 외곽 지역이었고, 학교나 병원 같은 기반 시설도 부족한 동네였다. 기술자들이 오기를 꺼리는 게 당연했다. 당시 금형, 전기, 설계 기술자들의 월급은 500~600만 원을 넘겼다. 그렇게 고수입을 올리는 실력이 있는 사람일수록 자녀 교육과 생활 여건을 고려해 도심 쪽으로 가지, 신평처럼 외진 곳엔 오려고 하지 않았다. 결국 공장은 있어도 사람이 없으니, 일이 제대로 돌아가지 않았다.

사상공단에 있을 때는 교통도 좋고, 고급 기술자도 많아 인력 수급으로 애를 먹어본 기억이 없다. 그때는 그게 당연한 줄 알았다. 그런데 신평에 오고 나서야 인력 확보가 얼마나 중요한지, 그리고 그걸 '공장의 조건'으로 고려하지 않은 것이 큰 실수였음을 절감하게 됐다. 결국 '가격이 쌀 때는 싼 이유가 있다'라는 말을 뼈저리게 실감하게 된 것이다.

무리해서 버텨보려는 생각도 잠시 들었지만, 그건 현명한 판단이 아니라는 걸 곧 깨달았다. 남편과 나도 곧 이 공장이 우리 회사의 규모나 운영 방식에 여러모로 어울리지 않는다는 걸 인정하게 되었다.

나는 방향을 바꿔야 할 때가 오면 그 시기를 놓치지 않아야 한다고 생각한다. 이전의 판단이 잘못되었음을 깨달았다면 후회하거나 머뭇거릴 게 아니라, 재빠르게 다시 판단하고 새롭게 움직여야 한다. 그 무렵부터 서서히 '사상으로 다시 돌아가야겠다'라는 생각이 고개를 들기 시작했다.

남편 없이 결정한 대담한 선택

사상 쪽으로 다시 돌아가야겠다는 마음이 선 뒤, 다시 부지런히 공장 자리를 알아보기 시작했다. 이전처럼 임대할 생각은 없었다. 한 번 내 이름으로 된 공장을 가져보니, 다시는 세 얻어 떠도는 일을 반복하고 싶지 않았다. 물론 자금이 넉넉하지는 않았지만, 이번에는 정말 우리 회사에 맞는 공간을 찾고 싶었다.

처음엔 작은 공장 하나를 보게 되었다. 위치나 규모도 괜찮고 환경도 좋았지만, 예상을 훌쩍 넘는 가격이 부담이었다. 2억만 깎아주면 계약하겠다는 의사를 전했지만, 돌아온 대답은 단칼에 거절이었다. 결국 이 공장은 우리와 인연이 닿지 않았다.

'하나님, 우리에게 가장 알맞은 공장을 주세요.'

다시 기도하는 마음으로 기다리고 있는데 어느 날 중개인이 새로운 공장을 소개했다.

"사장님, 아주 좋은 공장이 있습니다. 큰 공장인데 조건이 정말 좋아요."

"얼만데요?"

돌아온 대답이 기가 막혔다.

"예? 아이고, 지금 그 절반도 안 되는 공장도 못 사서 2억 깎아 달랬다가 거절당했는데, 100억이 넘는 거를 갖고 오면 우짭니까?"

"하든 안 하든 일단 한 번 보세요. 물건이 너무 좋아서 제가 아까워서 그런다 아입니까!"

중개인이 워낙 성화를 부리기에 위치만이라도 확인하러 나가보았다. 공장은 새벽시장 입구 사거리의 모서리를 끼고 있었고, 1층에만 점포가 스무 칸이나 붙어 있었다. 우리는 2층과 안쪽 공상만 써노 충분했고, 1층 섬포는 선부 임대를 놓을 수 있는 크기였다. 위치, 규모, 환경, 무엇 하나 빠지는 것이 없었다. 순간 머릿속이 바빠졌다.

'점포에서 나오는 월세로 은행 이자의 절반 정도는 감당할 수 있지 않을까?'

계산기를 두드려보니 가능성이 보였다. 공장치고 이렇게 점포가 함께 붙어 있는 경우는 흔치 않았다.

문제는 자금이었다. 기존 거래 은행에 대출을 타진해 봤지만, 매입가가 너무 크다며 난색을 보였다. 그때 중개인이 대구은행을 추천했다. 당시 대구은행이 부산의 기업 고객을 늘리고자 수출 실적이 있는 기업에 매매가의 90%까지 대출해준다는 것이었다. 반신반의하며 서류를 제출했는데 정말로 대출 승인이 떨어졌다.

　이쯤 되니 더는 미룰 이유가 없었다. 하지만 그 시기 남편은 천연건강교육원 강의와 환자 상담으로 거의 매일 자리를 비우고 있었다. 그쪽 일에 빠져 사느라 도저히 둘이서 차분하게 상의할 시간이 나지 않았다.

　나는 공장이 무척 마음에 들었고 놓치고 싶지 않았다. 괜히 우물쭈물하다가 다른 누가 채갈까 봐 마음이 조급했다. 결국 고민 끝에 결단을 내렸다. 남편에게 말도 하지 않고, 계약금 1%를 걸어버린 것이다. 나머지 계약금 9%는 한 달 뒤에 지급하기로 했다. 일부터 저지르고는 남편에게 슬며시 말을 꺼냈다.

　"그때 봤다던 감전동 공장에 계약금 넣었어요."

　"뭐? 아니, 무슨 여자가 이렇게 간이 크노, 그 큰 공장을 말도 안 하고 계약해?"

　처음엔 황당하다는 듯 야단을 쳤지만, 직접 공장을 보더니 남편의 표정이 바뀌었다.

　"위치도 좋고, 너르고…… 괜찮네. 좋다, 당신 잘했어."

공장 매입을 마무리하려면 신평 공장을 정리해야 했다. 당시 주변에 거제와 부산을 잇는 대교가 개통되는 등 인근의 개발 호재가 겹치며 신평 공장의 시세가 올라가 있었다. 그 자금으로 은행 대출을 일부 상환하고, 감전동 공장 매입의 자기 자본을 마련할 수 있었다.

신의 한 수였던 감전동 공장

감전동 공장은 정말 '신의 한 수'였다. 구매한 지 6개월쯤 지났을 무렵, 지하철 개발 소식이 들려왔다. 사상에서 낙동강 끝자락까지 이어지는 노선이 신설되고, 그 노선이 바로 우리 공장 윗길을 지나게 된다는 호재였다. 그때부터 땅값이 오르기 시작하더니, 3년 뒤에는 은행 감정가가 2배 이상 치솟았다. 이 소식을 듣고 가장 기뻐한 사람이 누구였을까? 바로, "여자가 어디 상의도 없이 100억이 넘는 공장을 덜컥 사냐?"라며 간도 크다고 꾸중하던 남편이었다.

내가 이 이야기를 꺼내는 건 부동산으로 돈을 벌었다고 자랑하려는 게 아니다. 오히려 그런 오해를 사지 않기 위해 더 조심스럽게 털어놓는다. 내가 강조하고 싶은 건 단 하나, '정보는 늦을 수 있지만, 실행은 그보다 앞서야 한다는 것'이다.

8년 전, 모 은행 서울 본점에서 VIP 고객 대상으로 진행된 프로그램으로 전문 포토그래퍼 팀이 직접 부산으로 와서 촬영한 사진. 아주 특별한 추억으로 남아 있다

감전동 공장을 살 때만 해도 지하철 개발 계획은 전혀 알지 못했다. 그저 우리에게 꼭 맞는 구조였고, 위치와 공간이 마음에 들었으며, 기도 끝에 마음이 움직였기에 결정할 수 있었다.

　공장은 내 안목을 증명한 자산이었다! 나는 남들보다 먼저 사고, 팔아야 할 때를 알았다. 우물쭈물하며 재다가 기회를 놓치는 법이 없었다. 바로 그 선택이 회사를 지탱할 기반이 되었다. 나는 타고난 실행력으로 기회가 보일 때 남들보다 먼저 움직여 실행했다. 그 모든 과정에 하나님의 도우심이 있었기에, 내가 가진 안목과 결단이 현실이 될 수 있었다.

놀고 있는 지붕 위에 복이 내리다

하루는 문득 옆 공장을 바라보는데 무심코 눈에 들어온 풍경이 있었다. 공장 지붕 위에 태양광 패널이 촘촘히 들어선 모습이었다. 나는 그 장면을 그냥 지나치지 않았다.

'저 공장이 하는 거, 우리 지붕에도 할 수 있지 않을까?'

사용하지 않던 지붕 위 공간을 이렇게 활용할 수 있다는 사실이, 마치 내 앞에 새로운 길 하나가 열리는 것처럼 다가왔다.

곧바로 태양광 발전 사업을 신중하게 검토했고, 감전동과 신평 공장 지붕 위에 패널을 설치했다.

지금 생각해 보면 '나는 자투리 공간 하나도 그냥 두지 않는 사람이구나' 싶다. 아닌 게 아니라 어릴 적부터 내가 가진 시간이나 장소, 여건 안에서 반드시 쓸모를 찾아내고 길을 여는 데 누구보다 민감했던 것 같다. 지붕을 단순히 덮개가 아니라, 수익을 창출하는 '에너지 생산 공간'으로 바꿔낸 실행력, 그것이 지금의 나를 만들어준 자산이었을지도 모른다.

어떤 사람은 땅을 사고, 어떤 사람은 건물을 짓는다. 지금 나는 이미 나이도 들고, 무에서 유를 창조할 시기는 지났다. 대신 '이미 있는 것을 다시 보는 눈'으로 일한다. 옆 공장 지붕 위 패널 하나도 지나치지 않고 내 주변을 다시 보는 그 눈이 결국 기회를 만든 것이다.

설치 후 2년이 지난 지금, 태양광 패널에서 나오는 수익은 한 달에 3,000만 원 가까이 된다. 지붕은 여전히 그 자리에 있지만, 이제는 우리에게 매달 고정 수익을 안겨주는 '살아 있는 자산'이 되었다. 공간 하나, 자연이 주는 햇빛까지도 자산이 될 수 있다는 이 경험은 내게 또 한 번의 배움이자 확신이 되었다.

나는 운이 좋은 것이 아니라, 눈이 놓치지 않았을 뿐이다. 하나님이 열어주신 문을 외면하지 않고 그 문 앞에서 머뭇거리지 않았다.

지붕 위에 심은 수익 구조

태양광 발전 사업을 검토하던 시기에 나는 작은아들에게도 권해 보았다.

"너도 해볼래? 지붕 위에 그냥 놀리지 말고 태양광 패널을 한 번 올려봐라."

그러자 돌아온 대답은 예상외로 퉁명스러웠다.

"엄마, 내 친구가 그거 일하는데 한번 고장 나면 진짜 골치 아프대. 나는 안 할래."

"그래? 그럼 너는 하지 마라, 내가 다 할란다!"

아들은 괜히 신경 쓸 일 많아지니까 안 한다지만, 내 생각은 좀 달랐다. 아무리 A/S 비용이 든다고 해도 전기료보다 더 많을 리 없다는 판단이 섰기 때문이다. 설령 수익이 적더라도 매달 고정적으로 들어오는 수익이 있다는 것 자체가 내게는 큰 의미였다.

이 사업은 정부의 지원 제도까지 갖춰져 있어 금융 구조도 충분히 매력적이었다. 시설비의 90%를 은행 대출로 충당했고, 이자율은 정부 보조 덕분에 연 2% 수준에 불과했다. 처음 5년은 대출금 원금은 갚지 않고 이자만 갚아 나가고, 이후 10년간은 해마다 시설비의 10%씩 나눠 갚는 방식이었다. 발전 수익 중 60%는 시설비 상환에 쓰고, 나머지 40%는 고스란히 우리 몫이다.

20년 계약이 끝나면 패널만 교체해 다시 시작할 수 있으니, 장기적으로도 손해 볼 일 없는 선택이었다.

생각해 보면 이 사업은 말 그대로 '햇빛을 수익으로 바꾸는 구조'다. 땅도 건물도 자산이 되듯 이제는 햇빛도 내게 자산이 된 셈이다. 매일 무심코 지나던 햇빛이 이제는 내 지붕 위에서 제 역할을 해내고 있다.

이따금 참 재미있다는 생각이 든다. 한때는 전기도 수도도 없는 하천가 판잣집에서 살던 내가 공장 지붕과 내리쬐는 햇빛을 활용해 또 하나의 수익 구조를 만들었으니 말이다. 이 사업이 내게 안겨주는 적잖은 고정 수익을 그리고 떠올리면 스스로에게 한마디 건네고 싶다.

"참 잘했다!"

늦복의 기쁨, 나눌 수 있어 더 행복하다

태양광 발전으로 매달 수익이 본격적으로 들어오기 시작했을 때, 나는 한 가지 결심을 했다.

'이건 하나님께 드려야지. 첫 열매는 늘 주신 분께 먼저 돌려야 해.'

이건 누구에게 보여주기 위한 헌신이 아니었다. 나 스스로 오래 전부터 마음속에 품고 있던 약속이었다. 이 사업이 생각보다 안정적인 수익을 주기 시작했을 때, 그 어떤 보상보다 먼저 떠오른 건 '처음 이 복을 허락해 주신 분께 감사부터 드려야겠다'라는 마음이었다.

나는 교회 재단에 7,000만 원을 헌금드리고, 다른 선교지들에도 거의 3,000만 원 정도 지원했다. 누구에게 보여주려는 것도, 대단해 보이고 싶은 것도 아니었다. 내가 받은 은혜를 기억하고 그 마음을 지키기 위한 나만의 방식이었다. 잠시 고민의 시간이 있었지만, 막상 실행하고 보니 오히려 마음이 더 평안해졌고 삶은 더 단단해졌다.

누군가는 가끔 묻는다.

"그 돈으로 다른 데 투자하거나, 자녀에게 더 많이 남겨줄 수도 있지 않으세요?"

그럴 수도 있다. 하지만 나는 지금의 풍요가 내가 잘나서 온 결과라고 생각하지 않는다.

돌아보면 항상 그랬다. 내가 가진 것을 기꺼이 내어놓았을 때 참 이상하게도 더 많은 것이 채워졌다. 매출이 오르고, 새 바이어가 붙고, 걱정하던 자금도 자연스럽게 흘러 들어왔다. 누가 일부러 도와준 것도 아닌데 뭔가 '흐름'이 달라진 느낌이었다.

복이라는 건 멀리 있는 게 아니었다. 약속을 지키고, 받은 은혜를 기억하며, 다시 돌려줄 줄 아는 그 마음에서 복이 시작되었다.

지금 나는 그렇게 살고 있다. 욕심내지 않고, 부담 주지 않고, 누구에게도 폐 끼치지 않으며, 하나님께 가장 먼저 드리고, 나머지로는 나답게 살아가는 삶.

조금 늦게 열린 복이라서 더 감사하고, 그 복을 나눌 수 있다는 게 가장 큰 기쁨이다.

지금 이렇게 평화로이 누리는 '늦복'이 참 좋다.

10장

김점두리식 인생 법칙

　누구나 자기만의 삶의 법칙이 있다. 나 역시 평생을 살며 깨달은 것들이 있다.

　이 장에서는 내가 걸어온 길 위에서 얻은 삶의 원칙들, '김점두리식 인생 법칙'을 나누려 한다. 어떤 법칙은 성격에서 시작되고, 어떤 법칙은 신앙에서 비롯된다. 하지만 하나같이 내가 직접 살아보며 얻은 이야기들이다. 누군가에게는 조언이 되고, 누군가에게는 용기가 되기를 바란다.

인생 법칙 1. 모든 건 성격이 결정한다

사람이 되고 안 되는 건 결국 성격 차이다.

오랫동안 나는 그렇게 믿어왔다. 물론 복도 있어야 하고, 환경이나 기회도 중요하다. 하지만 아무리 좋은 기회가 와도 그걸 붙잡는 건 결국 '그 사람의 성격'이다.

내가 살아보니 세상일이라는 건 남자든 여자든 적극성이 없으면 될 일도 안 된다. 무슨 일이든 필요하다면 과감히 뛰어들 줄도 알고, 한번 시작했으면 어떻게든 끝을 볼 수 있어야 한다. 나는 그걸 내 삶에서 수도 없이 확인했다.

한창 엔젤녹즙기로 매출을 일으킬 때, 나는 그 타이밍을 놓치지 않고 공장을 사들였다. 제품은 남편이 만들지만, 그걸 자산으로 연결하는 건 내 몫이었다. 사업이란 것이 단지 제조해서 팔기만 한다고 되는 일이 아니다. 그걸 뒷받침하는 자산이 있어야 제조도 가능하고 판매도 안정된다. 남편이 좀 더 생산에 집중하고 자신의 꿈인 천연치유 보급에 전념할 수 있도록, 나는 적극적으로 뛰어들어 기반을 마련했다. 그저 남편이 벌어다 주는 돈에 기대어 손 놓고 있지 않았다.

그보다 더 어려웠던 시절도 있다. 남편 사업이 실패하고 빚에

허덕이던 때, 나는 아이들 셋을 데리고 집에만 있지 않았다. 새벽에 눈 뜨면 시장으로 향했다. 자갈치 시장이든 구포 시장이든, 어디라도 가서 돈이 될 만한 건 뭐든 찾아다녔다.

무슨 물건을 보든 이걸 내 장사로 만들 수 있지 않을까 궁리했다. 이건 돈이 좀 되겠다 싶으면 그 길로 물건을 떼다가 장사로 이어갔다. 내 자리는 없었지만, 사람 없는 구석에 자리를 깔고 물건을 팔았다. 그렇게 장사를 시작했다.

그런 건 성격이 아니면 못 한다. 누가 시켜서가 아니라, 성격상 '이대로는 안 된다' 싶었기에 내가 직접 움직인 것이다. 내가 만약 아이들이 어리다는 이유로, 한 번도 해본 적 없다는 소심함으로, 여자가 나서서 될 일이냐는 체면을 핑계로, 그냥 '남편이 어떻게든 해결하겠지!' 하며 손 놓고 있었다면, 지금 우리 집은 어떻게 되었을까?

나는 '새벽에 일찍 일어나는 새가 모이를 먼저 먹는다'라는 말을 뼛속까지 믿는다. 남편 혼자서 벌어서는 도저히 빚을 갚을 수 없다는 걸 알았기에 나는 직접 몸을 일으켰다.

성격은 자신의 삶과 운명을 바꾼다.

언니는 착하고 순한 사람이었다. 남자들이 좋아하는 여성스러운 스타일로 미군인 형부와 결혼해 생활비 걱정 없이 살았다.

하지만 아이들이 커가면서 돈 들어갈 데가 많아지자, 군인 월급으로는 아무래도 빠듯해졌다. 그래도 언니는 밖으로 나가 한 푼 벌 생각을 하지 않았다. 영어도 잘하고, 간호사 자격이 있어 병원에서도 근무했던 사람인데 말이다.

나는 그게 너무 안타까우면서도 참 답답했다. 능력이 없어서가 아니었다. 그냥 성격상 '일하러 나가는 성향'이 아니었던 거다. 언니는 내가 뭔가를 권해도 한결같이 우물쭈물하며 안 할 핑계를 찾았다. 그렇게 가만히 있는데 어디서 기회가 생기고, 누가 자리를 마련해주겠는가?

심지어 언니는 앞에서 언급했듯이 나이 들어 건강이 나빠지고 파킨슨병까지 들었을 때, 내가 천연 치유를 권하는 데도 응하지 않았다. 그냥 병원에서 약을 타다 먹겠다는 거다. 같은 시기에 언니와 비슷한 증상이었던 목사님 사모님은 나이가 다섯 살이나 많은데도 우리 천연치유교육원에 와서 증상이 완화되고 삶의 활력을 되찾아 지금도 교회에 잘 다니신다. 그걸 알면서도 언니는 여전히 "나는 안 할래. 나는 못 해." 하며 요지부동이었다.

누구든 자기 인생을 책임지려면 성격부터 돌아봐야 한다.

내가 보기에 똑같은 조건이라도 누가 어떤 길을 가는지는 결국 그 사람의 '성격'이 좌우한다. 그 사람이 얼마나 부지런한지, 끝까지 책임지는지, 망설이지 않고 실행하는 사람인지, 그런 건 학력보다 훨씬 더 중요하다. 인생의 성패를 가르는 결정적인 순간, 누가 과감하게 한 걸음 내딛느냐에 따라 결과는 극과 극으로 갈린다.

매사가 될지 안 될지, 기회가 오고도 놓치게 되는 이유가 무엇인지, 결국 그 뿌리는 성격에 있다. 내가 지금까지 만난 수많은 사람들, 그리고 내 삶을 돌아볼수록 더 확신하게 된다.

나는 지금도 사람을 볼 때, '그 사람 성격이 어떤가'를 가장 먼저 본다. 자녀를 키울 때도, 인생에서 함께할 사람을 고를 때도, 직원을 뽑을 때도, 늘 이 기준을 잊지 않았다. 아이들은 물론이고, 직원들, 후배들에게 꼭 전하고 싶은 말이 있다.

"네 성격이 너를 만든다. 그거 하나만 잘 잡아도 절반은 성공한 거다."

인생 법칙 2. 순한 사람은 성공할 수 없다

성공하고 싶다면 착하기만 해서는 안 된다

나는 순한 사람을 좋아하지 않는다. 물론 착한 것이 나쁘다는 말은 아니다. 그런데 삶의 현장에서는 착하기만 해서는 버틸 수가 없다.

누군가를 해치지 않으면서도 자기 것을 지켜야 하고, 부끄러움을 무릅쓰고 한 발 더 나가야 하며, 때로는 사람들 시선 따위는 무시하고 버텨야 할 때가 있다. 그걸 못 하면 살림도, 장사도, 사업도 안 된다.

장사하면서 참 여러 말을 들었다. 애 엄마가 참 억척스럽다, 여자가 집에서 애들이나 잘 건사하지 뭘 저렇게 왔다 갔다 하느냐, 남편은 뭐하고 여자가 나서서 저러고 다니냐……, 그래도 나는 신경 쓰지 않았다.

내가 살아야 했기 때문이다.

창피하다고 피하면 아무것도 못 한다.

장사하면서 가장 힘들었던 시절을 말하라면 시집가서 아이 낳고 다시 거리로 나선 그때가 아닐까 싶다. 나는 처녀 때 당감동 근처 교회를 다니면서 유년부 교사도 하는 등 열심히 활동했다. 그 뒤에 결혼했는데, 남편 사업이 어려워지고 살림이 기우는 바람에 딸을 업고 다시 장사에 나설 수밖에 없었다.

새벽마다 자갈치 시장에 나가 마늘대궁 있는 것 반 접씩 묶은 걸 한 보따리 떼 와서는 머리에 이고 집 근처 당감동 시장에 가서 팔았다. 시장 한가운데 좋은 자리는 이미 사람들이 다 차지하고 있었기 때문에 나는 항상 한쪽 구석, 사람들이 잘 안 다니는 곳에 자리를 폈다. 그때 가장 힘들었던 순간은 장사가 안 될 때가 아니라, 내가 예전에 함께 교회 다니던 사람들이 지나가던 순간이었다. 그들이 나를 흘끔흘끔 보는데 무슨 생각을 하는지 뻔히 보였다.

"쟤는 시집가더니 살기가 참 어려운가 보다. 얼마나 못 살면 저렇게 길바닥에 앉아 장사나 하고 있지……"

하지만 눈초리만 있을 뿐, 마늘대궁 한 단 사주는 사람은 없었다. 그래도 나는 그날도, 그다음 날도, 나는 창피함을 꾹 삼키고 그 자리에 다시 나갔다.

그 부끄러움을 넘는 자리에 내 생계가 있었다.

새벽 자갈치 시장에서 리어카에 놓고 파는 팥죽이 잘 팔리는 것을 보고서 저 장사를 하자 싶어서 집에서 만들어 팔러 나간 적 있다. 그런데 나는 리어카가 없어서 길바닥에 놓고 팔려니 잘 팔리지 않았다. 하는 수 없이 팥죽통을 머리에 이고 시장을 돌았다. 문을 연 상점마다 들어가 팥죽을 권하다가 어느 가게에서 익숙한 얼굴을 마주쳤다.

"어, 아지매 많이 본 분인데요?"

그쪽에서 먼저 알아보고 말을 건네기에 쳐다보았는데 깜짝 놀라 얼른 고개를 숙였다. 남편이 사업하던 시절, 심부름으로 자주 가던 베어링 가게 사장님이었던 것이다. 나는 "비슷한 사람도 있지요"라고 얼버무리며 황급히 가게를 빠져나왔다.

그 순간 얼마나 부끄러웠겠는가. 예전엔 남편의 거래처였는데, 이제는 내가 장사 치마 두르고 팥죽을 들고 다니다니. 그런데도 나는 다시 발을 돌려 다음 가게로 향했다. 부끄럽다는 이유로 멈출 수는 없었기 때문이다.

창피하다고 주저앉으면 내 새끼들 밥은 누가 먹이고 살겠는가.

살아남으려면 어느 정도는 독해져야 하고, 낯짝도 두꺼워야 한다.

물론 비도덕적인 일을 하자는 게 아니다. 하지만 창피하다고 피하고 체면 따지느라 멈춰 서면 결국 손에 쥘 수 있는 건 아무것도 없다. 결국 일의 성공 여부는 '그만큼 능력이 있는가?'가 아니라, '그 모든 과정을 견디고 끝까지 밀고 갈 수 있느냐'로 갈린다. 내가 이 자리까지 올 수 있었던 것도 살면서 부딪혔던 수모와 창피함, 곱지 않은 시선들, 낯선 현실을 전부 이겨냈기 때문이다.

살다 보면 어느 순간 '창피함을 견딜 것인가, 도망칠 것인가' 하는 갈림길에 선다. 그때 나를 밀어주는 건, '체면'이 아니라 '근성'이었다. 나는 선택의 순간마다 체면보다 생존을 택했다.

지금 세상은 더 그렇다. 더 치열해졌고, 손 놓고 있다고 누가 챙겨주는 시대가 아니다. "나 힘들어요"라고 말한다고 세상이 기다려주지 않는다. 남들이 뭐라든 내가 해야 할 일을 해내는 사람이 결국 끝까지 간다.

부끄러움은 금방 지나가지만, 포기는 오래 남는다.

나는 요즘 젊은 사람들에게도 그렇게 말한다. 살면서 누구나 눈치 보게 되고 마음 약해질 때가 있다. 하지만 그럴수록 오히려 한발 더 나아가야 한다. 그게 결국 실력이고, 태도고, 성격이고, 운명이다.

내가 살아본 바로는 순하다는 건 미덕이지만, 순하기만 하면 아무것도 안 된다. 좀 더 독하게, 좀 더 뻔뻔하게, 좀 더 당당하고 거침없이 살아야 한다. 체면만 따지고 있으면 배를 채울 수 없다. 사는 건 부끄러움을 삼키고 먼저 나서는 사람 차지다.

"성공하고 싶다면, 착하기만 하지 마라. 해야 할 일 앞에선 낯짝 두꺼운 사람이 이긴다."

인생 법칙 3. 외톨이는 정보도 기회도 없다

사람은 사람 속에서 다시 살아난다.

나는 늘 외톨이가 되는 것을 경계해 왔다. 사정이 안 좋은 때일수록 일부러라도 사람들 곁에 있었다. 실패했다고 집에 틀어박히면 그걸로 끝이라고 생각하며 더 부지런히 다녔다. 그게 나를 살린 힘이었다.

사람이 한번 가난하거나 실패를 겪으면 친구들도 안 만나고, 심지어 가족이나 친척과도 멀어지기 쉽다. 창피하다, 괜히 눈치가 보인다는 이유로 사람들 곁을 떠나게 되는 것이다. 물론 잠시 의기소침할 수는 있다. 하지만 그 불안과 자격지심을 끝내 떨쳐내지 못하면 점점 혼자로 고립되고 만다.

이렇게 외톨이가 되면 정말 무서운 일이 생긴다. 바로 정보가 끊기는 것이다. 배울 것도 없고, 들을 귀도 닫히고, 나를 다시 일으킬 기회도 보이지 않는다. 지리산 골짜기에 들어가서 혼자 살아보라. 산속은 조용하고 신경 쓸 것 없겠지만, 아무도 안 와주고 아무 소식도 들리지 않는다. 그렇게 혼자 있어 봐야 살아갈 길이 보이겠는가. 사람은 사람 속에 있어야 보고, 듣고, 배울 수 있다.

그러니 꼭 친하게 어울리지 않더라도 사람 속에 있으려고 해야 한다. 상황이 어떻든 귀는 열려 있지 않은가. 말을 많이 하지 않고 자리를 지키는 것만으로도 뜻밖의 소득을 얻을 수 있다. 식사 자리 대화에서 배우고, 옆자리 앉은 사람들의 대화 속에서도 힌트를 얻는다.

가난하고 실패했을수록 더 밖으로 나와야 한다.

나는 교회를 참 오래 다녔다. 교회에서 친하지 않은 사람과도 어울리다 보면 식사 자리에서 나오는 이야기 한마디, 여럿이 모여 하는 잡담 속에서도 뜻밖의 정보를 들을 수 있다. 그게 바로 사람 속에서 얻는 기회다.

우리 남편도 한때는 자존심 때문에 사람들과 거리를 둔 적이 있었다. 사업이 망하고 생활이 어려워지자 괜히 위축되고 눈치 보였던 것이다. 그 마음을 내가 왜 모르겠는가. 하지만 나는 간절한 마음으로 남편을 설득해 교회에 나갔다. 그 덕분에 우리는 많은 길을 찾을 수 있었다.

생각해 보면 남편의 병을 고친 것도, 사업을 다시 시작한 것도, 모두 사람 속에서 시작되었다. 남편이 아파서 병원에 다녀도 차도가 없어 지쳐가던 무렵, 교회에 다니던 한 청년이 자연식을 알려줬다. 그걸 실천하면서 남편의 몸이 눈에 띄게 회복됐다. 우리가 지금까지 이어온 건강 철학과 사업의 뿌리는 사실 그때 생긴 것이다.

헌책방 장사를 처음 시작했을 때도 마찬가지였다. 교회에 다니던 분이 먼저 하던 걸 보고, 그걸 따라 하며 배우면서 시작했다. 말 한마디라도 놓치지 않으려 유심히 보고 들었다.

지금 이 엔젤녹즙기 사업도 사람들의 이야기 속에서 시작되었다. 성경 공부하러 갔을 때, "즙 잘 짜는 튼튼한 기계가 있으면 참 좋겠다"라는 집사님 말에 남편이 귀를 기울였고, '그럼 한번 해보자'라며 직접 연구하기 시작한 것이 계기였다.

이 모든 건 사람 속에 있었기 때문에 가능했던 일이다.

정보는 발로 얻고 귀로 듣는 것이다.

나는 부동산을 따로 배운 적도 없고 그쪽으로 특별한 안목이 있다고 생각하지 않는다. 그래도 사람들 속에서 정보를 듣고, 직접 보고, 묻고, 판단했기에 부동산에도 꾸준히 관심을 두고 투자할 수 있었다.

어느 날, 김해공항 아래 에코 델타 신도시 쪽에 공단 분양 이야기를 듣고 한번 해볼까 싶었다. 그러다가 아무래도 혼자서는 판단이 어렵겠다 싶어 직접 발로 다니며 사람들 말을 들었다. 그러다 보니 "그보다는 오히려 상가 근처 중공업지가 더 오른다"라는 말이 들렸다. 처음에는 정말 그럴까 싶었지만, 여기저기에서 들은 말들을 종합해 그 안에서 실마리를 찾았고, 결국 옳은 판단을 했다.

이것이 바로 사람 속에서 얻는 정보의 힘이다. 내가 말 붙이지 않았으면, 귀 열어 놓지 않았으면, 어떤 기회를 잡기는커녕 손해를 봤을지도 모르는 일이다.

천연치유도 마찬가지다. 우리 교육원에도 스스로 찾아와 입소하는 분들이 있는가 하면, 이런 곳이 있는 줄도 몰라서 못 오는 분들도 많다. 아프다고 움츠러들고 사람들과 단절되니 정보를 얻지 못하기 때문이 아니겠는가. 그렇게 괜히 정작 회복할 기회조차 잡지 못하고 흘려보내는 경우를 많이 봤다. 혼자 병원만 다닌다고 해서 해결될 일이 아닌데 참 안타깝다.

건강이든, 사업이든, 삶이든 모두 마찬가지다. 정보는 혼자 앉아 있는 사람에겐 오지 않는다. 발로 다니고, 귀를 열고, 사람 속에 들어가 있어야 들린다.

혼자 일어서려 하지 말고 사람 속에 들어가야 한다.

기러기는 무리 지어 날아야 바람을 이기고 먼 길을 간다. 혼자서는 오래 못 간다. 사람도 마찬가지다. 사람은 반드시 사람들 속에 있어야 제대로 살 수 있다.

내가 바쁘고 힘들 때도 교회든 어디든 사람들과 마주하는 자리를 끊지 않으려 했던 이유다. 살다 보면 누구나 다 굴곡을 겪는다.

그때마다 누가 나서서 손잡아주지는 않는다. 그래서 나는 먼저 사람들 속에 있어야 했다.

누구나 실패할 수 있다. 그러나 외톨이가 되는 순간, 실패는 고립이 된다.

사람은 사람 속에서 다시 배운다.

사람은 사람 속에서 다시 산다.

인생 법칙 4. 받기보다 베풀며 산다

가진 사람이 아니라, 마음먹은 사람이 베푼다.

아버지가 일찍 돌아가시고, 우리 집은 늘 살림이 빠듯했다. 어머니는 두부 장사를 하셨지만, 큰 수입이 되지는 못했다. 나는 중학교도 졸업하지 못하고 외지 공장에 다니며 동생의 학업을 도왔고, 한 푼, 한 푼 아껴가며 살았다. 결혼 후에는 아이들 낳고 잘 살아보나 했지만, 남편의 사업이 부도나 하천가 판잣집으로까지 밀려났다. 그러니까 나도 가난이란 게 어떤 건지 누구보다 잘 안다.

참 이상한 일이다. 살기 어려울수록 도움의 손길이 절실하지만, 그런 시기엔 휴지 한 통 들고 오는 사람 하나 없다. 기대한 적은 없지만, 마음 한편으로는 사람 마음이란 게 그런 건가 싶어 서글플 때도 있었다. 반대로 살림이 넉넉해지니 오히려 선물을 챙겨오는 사람들이 생겼다. 여유가 생기니 사람들은 더 친절하고 다정했다. 참 아이러니다.

지금 나는 가난하고 힘들었던 나를 기억하는 마음으로 능력이 닿는 한 최선을 다해 남을 돕는다. 사업을 계속 이어오고 지금도 수출 기업 대표로 회사를 이끌고 있으니, 아무래도 주변에서 이런 저런 사정으로 도움을 청하는 사람들이 꽤 있다. 친구도 있고, 친척도 있고, 다들 사연은 제각각이다.

어느 날은 누군가를 도와줬더니 나중에 다른 데서 "그 사람이 말로만 죽는소리지, 사실은 하나도 도와줄 필요 없는 사람이다"라는 말을 전해 들은 적도 있다. 그래도 나는 어떻게 그럴 수 있냐고 따지지 않는다. '그래도 그땐 절박했겠지' 하고 그냥 넘어간다. 대가를 바라거나 돈을 돌려받을 계산을 한 것도 아니고, 옳고 그름의 잣대로 사람을 구석으로 몰고 싶지 않기 때문이다.

나는 받는 사람보다 주는 사람이 되고 싶었다.

살다 보면 누구나 도움을 받을 수도 있고, 때로는 누군가를 도울 수도 있다. 사람이 살면서 서로 도움을 주고받는 건 삶의 자연스러운 흐름이다. 하지만 도움받는 데 익숙해져 그 자리에 머무르면 사람은 더 이상 앞으로 나아갈 수 없다. 스스로 자립하지 못한 채 누군가에게 기대려는 마음은 결국 사람을 더 나약하게 만든다고 나는 믿는다. 그래서 언제나 무조건적인 도움만이 능사는 아니라는 생각으로 살아왔다.

그렇다고 마음을 닫고 산 것은 아니다. 정말 절박한 사람, 깊은 상처를 안고 있는 사람, 그리고 과거의 나처럼 하루하루 버티는 것만으로도 힘겨운 이들을 보면 도와주지 않고는 못 배긴다. 가진 것이 많아서가 아니라, 그 아픔을 겪어봤기에 그 마음을 안다. 그 기억이 내 안에 남아 있었기에 나는 나눌 수 있었고 손을 내밀 수 있었다.

그래서 베풂과 나눔이란 단순한 선행이 아니라, 삶을 대하는 태도이자 자세라고 생각하게 되었다. 결국 중요한 건 어떻게 살아왔는가보다, 어떤 마음으로 살아가려 하는가다. 나 역시 그런 마음으로 살아왔기에 지금까지 많은 인연을 이어올 수 있었다. 누군가가 진짜 도움이 필요한 순간, 그의 삶에 작게나마 빛이 될 수 있다면 그걸로 충분하다.

베푸는 마음이 나를 더 단단하게 만든다.

살아보니 누군가를 도울 수 있는 사람이 된다는 것 자체가 큰 축복이다. 나는 언제나 기대기보다는 작게라도 줄 수 있는 사람으로 살고 싶었다. 내 삶이 가장 밑바닥에 놓여 있었던 순간조차, 딱한 사정을 보면 내 처지와 관계없이 먼저 손부터 내밀고 싶었다. 누가 보면 본인 앞가림이나 하지 싶을 수도 있었겠지만, 그건 어쩔 수 없는 내 마음이었다.

늘 '언젠가는 내가 누군가를 도울 수 있는 사람이 되겠다'라고 다짐했고, 지금은 주저하지 않고 선뜻 도울 수 있는 사람이 되었으니 그 은혜에 감사하기만 하다. 예전에는 도와주고 싶어도 방법이 없어서 안타까웠다면, 지금은 내 손이 닿는 곳만큼은 책임지고 싶다는 마음으로 살아간다.

나아가 내가 돕는 누군가가 또 다른 누군가에게 손을 내밀 수 있다면, 그야말로 내 인생에서 가장 보람된 일이 될 것이다. 내게 있어 베푸는 마음은 단순한 선의가 아니다. 그 마음은 내 삶을 지탱해 준 힘이 되었고, 지금의 나를 만든 원동력이 되었다. 내가 이만큼 회복되었다는 증거이자, 세상을 향한 작고 조용한 응답이다.

앞으로도 내 힘이 닿는 순간까지 누군가에게 손을 내미는 사람으로 살고 싶다.

인생 법칙 5. 자녀 교육은 정신을 물려주는 일이다

나는 돈보다 정신을 물려주는 부모가 되고 싶다.

자식에게 남겨줄 수 있는 게 많으면 좋겠지만, 나는 늘 생각해 온 것이 있다.

'공장 하나보다 더 소중한 건 삶을 이끄는 정신이다.'

사람은 누구나 살아가며 굴곡을 겪는다. 그럴 때마다 스스로 일어설 수 있는 마음, 하나님을 붙잡고 기도하며 다시 시작할 수 있는 믿음, 그걸 가르치는 것이야말로 진짜 교육이라 믿는다.

사람은 결국 마음으로 사는 존재다. 그리고 그 마음을 다잡게 해주는 것이 부모의 중요한 역할이자 의무다. 내가 생각하는 자녀 교육의 핵심은 크게 세 가지, 바로 '믿음 있는 삶, 책임지는 태도, 그리고 본보기가 되는 부모의 자세'다.

'믿음 있는 삶'을 물려줘야 한다.

나는 자식들에게 하나님을 믿고 따르는 삶을 가르치고 싶었다. 인생에서 예상치 못한 어려움을 겪었을 때, 스스로 자신을 일으키는 힘이 필요하다. 이 힘은 단순한 의지가 아니라, 기도로 마음을 다잡고 하나님께 다시 나아가는 믿음에서 나온다.

실제로 내 삶이 그랬다. 기댈 데 없던 젊은 시절부터 남편 사업이 무너졌을 때, 음해와 모함으로 고국을 떠나야 했을 때, 재기를 위해 동분서주하던 순간까지, 나는 언제나 하나님을 붙들고 버텼고 결국에는 길이 열렸다.

그 믿음이 내 삶을 이끌었듯, 내 아이들도 인생의 굴곡 앞에서 하나님을 기억하고 다시 시작할 수 있는 용기를 갖기를 바란다. 내가 손주들에게 용돈을 쥐여주며 교회에 데려가는 것도 결국엔 믿음의 씨앗이 마음에 심기길 바라는 마음 때문이다. 물려줄 수 있는 가장 큰 재산은 하나님 안에서 흔들리지 않고 살아가는 삶, 바로 그것이다.

'책임지는 태도'를 가르쳐야 한다.

물론 믿음이 있다고 해서 무조건 일이 저절로 풀리는 건 아니다. 나는 자식들에게 항상 말했다.

"하고자 하는 일은 끝까지 해라. 결단력과 과감함이 없이는 아무것도 이룰 수 없다."

하나님께 기도하며 길을 구하지만, 그 길을 걷는 건 결국 자기 자신이다. 나는 자녀들에게 어떤 상황에서도 스스로 책임질 줄 아는 자세를 강조한다. 머리가 좋든 나쁘든, 환경이 어떻든 상관없다. 스스로 결정한 일이라면 책임지고 밀어붙이는 힘, 그게 결국 삶의 내공이 된다.

믿음은 행동으로 이어져야 한다. 하나님만 믿고 손을 놓는 것이 아니라, 하나님께 기도하면서 동시에 나아가야 한다. 나는 그 정신으로 평생 사업을 이어왔고, 자녀들도 그런 나를 보며 배웠다고 생각한다.

'본보기가 되는 삶'을 보여줘야 한다.

믿음도 책임감도 말로만 가르칠 수는 없다. 자녀는 부모의 모습을 보며 자라는 법이다. 나는 한 번 큰 충격을 받은 적이 있다. 중학생이던 큰아들을 잘못해 혼냈더니 아이가 고함을 지르며 대들었던 날이다. 그때 깨달았다.

'내가 아이 앞에서 남편과 부딪히고 말다툼한 것들이 이 아이에게 고스란히 새겨졌구나.'

우리 부부는 함께 일했기에 부딪히는 일이 없을 수가 없었다. 남편은 평생 직원들에게는 싫은 소리 한마디 한 적 없는 사람이지만, 내게 만큼은 자신의 감정을 그대로 드러내곤 했다. 그러면 나도 고분고분한 성격이 아니니, 내 생각을 주장하기도 하고 입바른 소리도 종종 하곤 했다. 내 딴에는 부딪혀서라도 문제를 해결하려는 마음이었지만, 그런 모습이 아이들에게 안 좋은 영향을 미친 것이다.

그날 이후, 나는 마음을 고쳐먹었다. 남편이 백 번, 천 번 잘못했더라도 아이들 앞에서는 절대 맞서지 않았다. 남편이 사무실에서 날 꾸짖어도, 아무리 속상해도 꾹 참고 넘겼다. 그랬더니 남편도 제풀에 지치는지 소리가 금세 잦아들고 일이 더 커지지 않았다. 그래서 말보다 더 큰 교육은 행동인 것이다. 지금도 나는 며느리와 딸에게 늘 당부한다.

"절대 남편과 싸우지 마라. 그냥 참고 넘겨라. 조금만 참으면 그 끝이 좋을 테니 무조건 나 믿고 해봐라."

어쩌면 요즘 젊은 사람들 생각과는 다를 수도 있다. 하지만 나는 내 삶을 통해 그 길이 가장 평화로운 가정으로 이어지는 길임을 확인했다. 내 아이들이 지금 각자의 가정을 잘 지켜가고 있는 모습을 보면, 말이 아닌 삶으로 남긴 교육이 결국 가장 오래 남는다는 걸 새삼 실감한다.

자녀 교육은 지식을 채우는 일이 아니라, 살아가는 방향을 세워주는 일이다.

믿음으로 삶을 지탱하고, 책임으로 어려움을 견디며, 부모의 삶을 통해 길을 배운 자식만이 자기 인생을 제대로 꾸려갈 수 있다. 그래서 내가 아이들에게 물려주고 싶은 것은 재산이 아니라, 올곧은 정신이다.

'흔들릴 때 중심을 잡을 수 있는 믿음, 넘어질 때 다시 일어설 힘, 그 모든 것을 담은 삶의 자세', 이야말로 부모가 자식에게 줄 수 있는 가장 크고 귀한 유산이라 생각한다.

말이 아닌 삶으로 남는 것, 그게 진짜 교육이다.

인생 법칙 6. 간절한 기도는 반드시 통한다

절박한 순간, 묻고 구하면 길이 열린다.

사람이 인생을 살다 보면 누구에게도 말 못 할 고비를 넘기게 된다. 어찌 순탄한 길만 걷고 살겠는가. 난관과 좌절은 누구도 피할 수 없는 인생의 곡선이다. 숨을 쉬는 것도 버거울 만큼 절박할 때, 그때 어떤 태도와 마음으로 살아가느냐가 그 사람의 내일을 결정짓는다.

나에게 있어 그런 순간마다 가장 먼저 떠오른 건 '기도'였다. 나는 어릴 적 언니를 따라 천주교회를 다니다가 나중에 예수재림교회로 옮겼다. 나에게 정말 중요했던 건 '기도하는 마음'이었다. 진심으로 구하는 마음, 애절한 마음, 어디에도 기댈 수 없을 때 하늘을 향해 마음을 올리는 그 행위, 그것이 내 삶을 바꿨다.

아주 오래전, 시장에서 버리는 채소를 주워 페인트통 두 개에 담아 버스에 탄 적이 있다. 안내양과 승객들의 시선을 느끼며 차창에 비친 초라한 내 모습을 보다가 제발 살 길을 알려달라고, 우리에게 딱 맞는 일 하나만 달라고 간절히 기도했다.

그날 이후에도 내용은 달라졌지만, 내 마음속에는 늘 간절한 기도가 이어졌다. 그리고 10년, 20년이 흐른 뒤, 나는 그때 간절히 원했던 삶의 길 위에 서 있었다. 기도는 그렇게 늦게 응답되기도 하지만, 반드시 돌아온다.

나는 지금도 '기도와 함께 사는 법'을 실천한다.

십일조는 그중 가장 중요하게 지키는 삶의 원칙이다. 왜냐하면 내가 번 돈은 내가 잘나서 벌었다고 믿지 않기 때문이다. 일할 수 있는 기회를 주신 것도 하나님이요, 고객을 만나게 해주신 것도 하나님이셨다. 그래서 기도했고, 받은 만큼 다시 나누었다.

그랬더니 이상하게도 더 많은 고객이 찾아왔고, 더 많은 기회가 내게 흘러왔다. 나눌수록 더해지는 건 숫자의 계산이 아니라, 마음의 법칙이다. 그래서 나는 지금도 '기도의 순환, 감사의 순환'을 믿는다. 그것이 곧 내가 사는 방식이다.

이것은 꼭 종교가 있는 사람에게만 해당하는 이야기가 아니다. 나는 주변 사람들에게도 말한다.

"당신이 어떤 신을 믿든, 또는 아무 신도 믿지 않든, 정말 힘들고

급박한 순간엔 하늘을 보고 말해보라. 제발 나 좀 살려달라고, 도와달라고, 단 한 번만 진심으로 구해보라."

그 기도로 지금 당장은 아무 일도 일어나지 않는 것 같지만, 적어도 5년, 7년 뒤 돌아보면 분명히 무언가가 바뀌어 있을 것이다. 진심이라면 그 기도는 어떻게든 돌아온다. 나는 그것을 내 삶으로 경험한 사람이다.

기도는 절박한 순간, 내 마음 깊은 곳에서 터져 나오는 간절한 바람, 그 바람이야말로 삶을 움직이는 힘이다. 나는 그 마음의 방향을 예수 재림을 기다리는 믿음 안에서 세우고 살아왔다. 그 믿음이 없었다면 이 길을 이렇게까지 걸어올 수는 없었을 것이다.

요즘도 나는 매일 기도한다.

"하나님, 이 어려운 시기에도 우리 회사를 존재하게 해주셔서 감사합니다."

내 남은 생에서 바라는 것이 있다면 그저 매일 감사 기도만 하다 생을 마치는 것, 그것이면 충분하다. 이 삶을 걸어오게 해준 것, 도저히 길이 없어 보일 때마다 또 다른 길을 보여준 것, 그 모든 순간을 기억하며 내 생이 끝날 때까지 하나님께 감사 기도만 드리다 떠나고 싶다.

간절한 기도는 반드시 통하고, 그 기도는 결국 다시 살아가는 길을 열어준다.

끝까지 감사로 기도하는 삶, 그것이 내 마지막 소원이다.

감사와 보람, 그리고 믿음

이 회고록을 마치며 마지막으로 한 번 더 되짚고 싶은 것이
있습니다. 우리 부부가 특별해서 이 길을 걷고, 이 모든 일을
해낸 것이 아니라는 사실입니다. 삶의 고비마다 우리를 지탱해
준 것은 오직 '믿음'이었습니다.

고난을 지나 성과를 얻고, 하나님의 뜻대로 사람을 살리는 일에
보답하고 싶었습니다. 가족의 치유를 경험한 후, 그 믿음을 바탕으
로 천연건강교육원을 열어 수많은 사람을 도울 수 있었던 것은
우리에게 더 큰 축복으로 돌아왔습니다.

매일 만나는 기적들

천연건강교육원에서 만난 얼굴들을 하나씩 떠올려 봅니다.
이곳에서 우리는 날마다 기적을 만납니다.

남편의 부축 없이는 한 걸음도 옮기지 못하던 파킨슨병 환자분이
계십니다. 처음엔 말씀조차 힘들고 손발이 크게 떨리셨지만, 꾸준

히 프로그램을 따르신 끝에 이제는 혼자 걷고 때로는 살짝 속도를 내기도 하십니다.

그분이 또렷하고 큰 목소리로 인사를 건네던 순간, 저는 숨이 막히도록 기뻤습니다. 부부가 이제는 손을 꼭 잡고 운동장을 나란히 걸으며 웃는 모습을 볼 때마다 뭉클해집니다. "이런 곳을 만들어 주어 너무나 고맙다"라며 진심 어린 말 앞에 지난 고생은 잊히고 감사와 뿌듯함만 남습니다.

병원에서 더는 방법이 없던 암 말기 환자분도 있었습니다. 수십 차례 항암으로 지쳐 찾아오셨을 때는 기운조차 없으셨지만, 꾸준히 머물며 회복의 길을 걸으셨습니다. 하루하루 나아지는 자신을 느끼며 소리 내어 감사하던 그분의 눈빛을 저는 잊지 못합니다. 또 잠을 이루지 못하고 밤마다 뒤척이던 30대 환자가 열흘 만에 단잠을 잤다며 건넨 소박한 고백도 우리에게는 큰 선물이었습니다.

"병원 치료로는 안 되는 우리 같은 중환자를 살려주셔서 감사합니다."

"회장님이야말로 사람 생명을 살리는 진정한 영웅이십니다."

이런 눈물 어린 감사 인사를 받을 때마다, 그저 보잘것없는 제가 이 모든 것을 해낸 것이 아님을 다시 한번 깨닫습니다.

하나님의 뜻 안에서

오랜 연구와 노력이 결실로 천연건강교육원이라는 공간이 탄생했지만, 이곳은 저희의 업적이 아닙니다. 아픈 이들에게 다시 사는 길을 보여주고자 했던 남편의 간절한 마음이 담긴 실천의 장입니다.

이곳에서 차츰 건강을 되찾는 환자분들을 보며 이 사업을 시작한 것에 깊은 보람을 느낍니다. 병원에서 포기된 삶이 다시 살아나는 모습을 볼 때마다 이 일이 단순한 사업이 아니라 '삶을 지키는 일'임을 새삼 깨닫습니다.

이 모든 실천과 결실이 오직 하나님의 뜻과 은혜 덕분임을 고백합니다. 바로 하나님이 함께하셨기에 가능했습니다. 성공도, 회복도, 거기에 깃든 위로도 결국 하나님 손길이라고 믿습니다.

이 회고록은 제가 걸어온 길에 담긴 감사와 보람을 나누려는 것입니다. 이는 우리 부부의 공적을 과시하려는 것이 아닙니다. 가난 속에서 시작해 수출 기업을 세우고, 다시 천연건강교육원을 열어 많은 이들의 삶을 살피게 된 여정은 결코 우리 힘만으로 가능하지 않았습니다. 모든 성취와 치유의 기적은 하나님의 은혜 덕분이었으며, 그 길에서 만난 소중한 사람들의 이야기를 세상에 남기고 싶었습니다.

그렇기에 하나님이 보여주신 길을 걷고 그 뜻을 붙잡는 일은 우리가 평생 해나가야 할 숙제라고 생각합니다. 그래서 나는 앞으로도 하나님을 따르는 일을 멈추지 않을 것입니다. 내 삶으로, 우리 가족으로, 그리고 이 교육원을 통해 더 많은 사람이 다시 삶의 중심을 찾기를 바랍니다.

이 책을 닫으며, 나는 다시 한번 감사의 마음을 새깁니다.

이 모든 이야기가 누군가에게 작은 위로와 희망이 되기를, 그리고 하나님의 사랑이 더 많은 이들에게 전해지기를 간절히 소망합니다.

2025. 10

㈜엔젤 대표 김점두리

에필로그 2

남편에게 보내는 편지

여보, 잘 계시지요?

지금 저는 당신과 함께 쓰던 그 사무실에 홀로 앉아 이 편지를 씁니다.

제 책상과 나란히 놓인 당신의 책상 앞에 '회장 이문현'이라 적힌 명패가 지금도 그대로 있어요. 같은 책상, 같은 자리인데 이제는 당신의 기침 소리도, 서류를 넘기는 소리도 들리지 않네요. 당신이 떠난 후, 한동안은 하루에도 몇 번씩 돌아보았지요. 당신이 그 자리에 앉아 있을 것만 같아서요. 그럴 때마다 마음이 텅 빈 것처럼 허전하고 외로움이 밀려들었습니다. 너무 익숙해서, 너무 소중해서 지금도 믿기지 않을 때가 많아요.

돌이켜보면 당신은 정말 쉬지 않고 달려온 사람이었습니다. 젊은 시절부터 좋은 기계를 만들겠다는 열정 하나로 수십 번의 실패를 거듭하며 녹즙기 개발에 매달렸던 당신. 영양 손실 없이 짜내는 기술을 찾기 위해 밤을 새우며 실험하고, 기계 앞에서

서서히 성과를 만들어가던 당신의 모습이 지금도 눈에 선합니다.

그 노력 끝에 완성된 엔젤녹즙기는 당신의 땀과 철학이 고스란히 녹아든 결과물이었습니다.

기계가 세상에서 인정받기 시작한 후에도 당신은 거기서 멈추지 않았습니다. '사람의 몸은 자연으로 돌아가야 낫는다'라는 당신의 신념은 천연 치유로 이어졌고, 몸이 아픈 사람들을 위해 직접 강의하고 상담하며 전국을 오가셨지요. 그런 하루하루가 당신의 체력과 시간을 갉아먹었지만, 당신은 한 번도 힘들다는 소리를 하지 않았습니다.

당신이 서서히 지쳐가는 걸 알면서도 저는 왜 더 강하게 만류하지 못했을까요? 말해도 소용없다고 생각하며 물러서지 말고, 기어이 쉬게 하고 더 살펴야 했어요. 직원들이 챙겨줄 거라 믿었고, 당신은 늘 강한 사람이니 괜찮을 거라 안심했지만, 지금 돌이켜보면 그건 제 몫을 게을리한 탓이었던 것만 같습니다. 일주일에 닷새를 천연건강교육원에서, 하루는 서울에서 강의와 상담으로 환자들을 돌보느라 매주 6일을 쉬지 않고 일하시던 당신을, 제가 좀 더 따라다니며 챙겨야 했는데 그러지 못한 것이 지금도 가장 후회되고 미안합니다.

그날 밭에서 풀을 뽑다 갑작스레 비를 맞지 않았더라면, 당신이 기침을 시작했을 때 병원에 더 일찍 갔더라면, 그 고비에 억지로라도 강의를 쉬게 했더라면……, 그런 생각이 자꾸만 가슴을 치고 또 칩니다. 소변이 막히고 죽과 녹즙조차 넘기지 못하게 되었을 때도 당신은 아무 말 없이 담담히 누워계셨지요. 마지막까지 누구 탓 하나 없이, 조용히 그렇게 떠나셨습니다.

우리는 결혼하고도 돈이 없어 신혼여행 한 번 못 갔고, 일에 치여 부부끼리 1박 2일 여행조차 가본 적 없었지요. 당신은 끝내 가족을 위해, 회사를 위해, 환자들을 위해 당신의 모든 시간을 바쳤습니다. 그런 당신을 저는 늘 존경했고, 평생 자랑스럽게 여겼습니다. 당신의 성실함과 뚝심은 제 인생의 자랑이었습니다. 남편 자랑 같아 보여서 드러내 놓고 말하지 못했지만, 저는 늘 그 마음을 품고 살았어요.

여보, 당신이 생전에 늘 하던 말, "나는 사명을 위해 사는 사람이다.", 저는 이제 그 말의 무게를 알 것 같습니다. 당신의 그 사명은 지금도 천연건강교육원을 통해 이어지고 있고, 당신이 남긴 철학은 우리 아이들과 손주들에게까지 그대로 전해지고 있어요. 당신의 빈자리는 크고 깊지만, 당신이 보여준 삶의 본이 저에게도, 가족에게도, 또 많은 사람에게 큰 유산이 되었습니다.

지금 천연건강교육원에는 당신이 그토록 전파하고자 했던 천연 치유를 찾아오신 분들이 많아요. 모두 교육원에서 몸을 회복하며 천연 치유의 힘을 실감합니다. 저를 보면 이렇게 좋은 곳을 만들어 줘서 이문현 회장님과 김점두리 대표님께 진심으로 감사하다고 하시니 저도 가슴 뿌듯합니다. 당신의 수고가 그렇게 많은 사람을 살리는 길을 만드신 거예요.

그리운 당신, 하늘에서도 부디 편히 쉬길 바랍니다. 당신이 그러했듯 저도 남은 생을 성실히, 정직하게 살아갈게요.

늘 고맙고, 미안하고, 사랑합니다.

다시 만날 그날까지, 기도하며 기다릴게요.

2025. 10

당신의 아내 김점두리 올림

이 글을, 평생 나의 자랑이었던 당신께 드립니다.

사업 실패 후, 당신이 과로와 스트레스로 협심증까지 앓으며 숨 가쁘게 직장 생활을 이어가던 그때가 생각납니다. 다섯 식구의 생계를 위해 월급 35만 원에 기대어, 수도와 전기조차 들어오지 않는 낙동강 변 판잣집에서 보증금도 없이 월세 1만 원으로 어렵게 버티던 시절이었지요.

그런 막막한 상황에서도 당신은 가족의 신앙을 위해 사표를 던지고 월급이 18만 원으로 줄어드는 길을 택하셨습니다. 사면초가의 형편에서 직장을 내려놓는다는 것이 얼마나 터무니없는 결정이었을까요. 하지만 당신은 오직 저의 소원을 들어주기 위해 그 깊은 고뇌를 묵묵히 견뎌내셨습니다.

2년 뒤, "이제는 직장 일을 내려놓고 전도하러 다니시라"라는 제 권유에도 당신은 기꺼이 응해주셨지요. 평생 성실하게만 살아온 당신이기에 그 결정들이 더욱 존경스럽습니다.

우리 가정이 가장 힘들었을 때, 하나님을 위해 소중한 직장을 두 번이나 내려놓았던 당신의 결단. 그 희생을 보시고 하나님께서 수백 배의 복으로 되돌려 주셨음을 저는 평생 잊지 못할 것입니다.

이 책을, 저의 이 모든 진심을 당신께 드립니다.

존경하고 사랑합니다.

2025. 10

당신의 아내 김점두리 올림